I0537532

Le legs du millionnaire Sam Wilcox

Claire Hamelin Manning

Les productions luca
ISBN 978-2-89735-661-3

Table des matières

Westmount, Montréal

Après avoir payé le chauffeur de taxi, Lucie se trouve en face d'une belle tour de condos entourée d'érables rouge et orange. Elle se dirige vers la tour tout en s'assurant qu'elle est à la bonne adresse. Mlle Alexandra Thompson la lui avait donnée.

Aujourd'hui est le premier jour officiel de l'automne. Le vent souffle les feuilles des arbres et tout autour, c'est la beauté habituelle de l'automne dans l'ouest de Montréal.

Elle pousse une grille d'entrée et s'identifie à la sécurité. Elle est accueillie par une servante vêtue en gris et blanc, qui l'invite gentiment à marcher vers un ascenseur qui les amène au sommet de la tour où Mlle Thompson l'attend.

Lucie a répondu à la demande d'Alexandra Thompson, pour l'aider à la rédaction et la publication de son livre.

Lucie est une diplômée de la faculté des lettres et sciences humaines de l'université de Sherbrooke. La plupart de ses cours se donnaient au campus de Longueuil.

Elle vient de commencer son entreprise d'édition et de publication. Elle est impatiente de connaître l'histoire qu'Alexandra Thompson veut publier.

Le condo semble être très grand. Après avoir accroché son manteau et son écharpe dans le placard, Lucie reste à l'entrée et attend que la servante revienne.

Puis, Lucie entend une voix provenant d'une pièce voisine :

– Venez Lucie, enfin, vous êtes arrivée.

Lucie suit la voix. Elle entre dans un salon tapissé qui est très invitant. Il y a plusieurs canapés et beaucoup de coussins colorés. Une cheminée illumine la pièce. Le crépitement du bois et une horloge grand-père sont les seuls sons qui accompagnent la voix de Mlle Thompson.

Alexandra porte ce qui semble être une longue robe recouverte d'une couverture à carreaux. Elle est assise dans un fauteuil cosy. Elle regarde Lucie alors qu'elle entre dans la pièce.

Puisqu'elles se sont parlées au téléphone quelques fois, elles étaient toutes les deux prêtes à commencer la rédaction du livre. Ce sera la première publication pour Lucie.

En se présentant, Lucie lui tend une carte de visite avec un sourire. Elle est fière d'elle, car c'est sa première entrevue officielle, pour la rédaction d'un livre aux fins de publication. Elle démontre qu'elle en est très heureuse.

– Parmi les nombreuses personnes qui se sont enquises pour mon histoire, vous êtes la personne que j'ai choisie. Je dois partager avec vous une histoire que Colin et moi avons gardée secrète pendant plusieurs années. Nous sommes maintenant retraités et nous avons décidé de la faire connaître.

Nous avons été très réticents de parler de cette histoire de Sam Wilcox, mais aujourd'hui, cela fait partie de notre liste à faire dans notre vie.

Nous sommes de plus en plus excités à l'idée de voir ce livre apparaitre sur les étagères, et de le voir publier en ligne. Ce sera amusant de voir les réactions et les commentaires une fois qu'il sera lu.

S'il vous plaît, prenez note que toutes les profits de ce livre seront destinés à ma Fondation.

Il y a du café ici sur la table, s'il vous plaît, mettez-vous à l'aise, servez-vous.

Êtes-vous assez confortable pour écrire à cette table ?

– Pas de problème, je vais juste mettre mon portable en marche et il sera prêt dans quelques secondes.

– Bon, je suis celle qui va vous raconter notre histoire. Colin est actuellement sur la côte ouest chez ses parents et amis. Notre fils l'a suivi. Je ne les ai pas accompagnés, car je voulais profiter de l'occasion pour vous parler de notre histoire. C'est mieux et c'est

8

plus calme de le faire de cette façon.

J'ai décidé de vous amener dans une histoire vraiment pas comme les autres. Ai-je été chanceuse de rencontrer cet avocat Sam Wilcox ? Oui, je le pense.

Plus j'avançais dans cette aventure, plus mes suspicions qu'il voulait me séduire à cause de l'argent se sont fanées tout au long du chemin. Il est devenu certain qu'il n'avait pas de mauvaises intentions à mon égard.

J'ai fini par être la personne sur qui il comptait pour régler, rectifier et redresser pour lui, de nombreuses situations qu'il jugeait importantes au cours de sa vie.

Je n'ai jamais pensé que je pourrais faire ces choses pour lui, mais elles étaient censées faire partie de mon destin. Une chose est sûre, j'ai accepté de faire partie de cette aventure et je n'en ai jamais eu de regret. Donc, si vous êtes d'accord, je vais procéder.

La vie d'Alexandra prend une tournure inattendue

Ce qu'Alexandra venait de lui dire a suscité un vif intérêt. Lucie s'est mise à l'écouter très attentivement. Elle était assise en face d'elle.

La servante s'est présentée avec plusieurs bûches de bois pour alimenter le foyer. Puis elle s'est retirée en refermant la porte à demi, leur permettant d'avoir une conversation privée.

– Pendant les années 2000, je dirais que j'étais dans mes folles années quand, après avoir obtenu un doctorat en médecine vétérinaire de l'Université de Montréal, je suis devenue une activiste et défenderesse contre la cruauté animale.

J'ai volontairement reporté ma carrière pour être sur les lignes de front, afin de dénoncer et exposer ceux qui prennent la vie d'innocents animaux.

La direction que j'ai décidé de prendre n'était pas des plus faciles. Vivant des dons de groupes à but non lucratif, qui sympathisaient pour notre cause concernant le mauvais traitement des animaux.

J'étais activement engagée à faire n'importe quoi afin d'obtenir des changements dans les lois, pour tout ce qui concerne la violence, les mauvais traitements et la politique pour que cela cesse.

Jour après jour, j'ai été témoin de beaucoup d'injustice et de vies animales perdues. Étant vétérinaire, on se doit de fournir les soins nécessaires pour donner une meilleure vie à un animal dont nous sommes responsables.

J'ai quitté la maison de mes parents et partagé un appartement d'une chambre dans le centre-ville de Montréal avec mon ami Colin, quelques mois après notre première rencontre.

Il était de Vancouver et vivait à Montréal pour toute la durée de ses études, afin d'obtenir un diplôme de doctorat vétérinaire, comme moi.

Nous nous étions rencontrés durant notre cours de biologie de première année. Il était assis à côté de moi. Cela a été le coup de foudre dès qu'on s'est vu. Il avait vraiment l'air génial. Je me suis dit que s'il était aussi intelligent qu'il était beau, ce serait mon jour de chance.

Il s'est avéré que les deux qualités correspondaient à mes attentes, et il a été l'homme avec qui je voulais être. Nous sommes devenus inséparables. Nous avons partagé tant de sujets sur la vie et la vision des choses pour l'avenir. Notre vie était vraiment agréable à partager.

Alors que Colin et moi étions vraiment amoureux l'un de l'autre, Colin s'est fait offrir une opportunité pour une carrière de rêve. Elle lui a été offerte par un ami de son père.

Il voulait que je déménage avec lui dans l'ouest de Vancouver.

Pendant que mon cœur voulait le suivre, ma tête me disait le contraire. Je commençais juste à me faire connaitre. J'avais plusieurs communiqués de presse publiés, et un calendrier d'émissions de télévision pour le reste de l'année, me permettant d'exposer et de déclarer ces faits inqualifiables.

Je n'étais pas prête à renoncer à cette dédicace la plus importante et cruciale de ma vie : défendre ceux qui ne pouvaient pas parler pour eux-mêmes.

Colin a essayé de me convaincre que je pourrais faire la même chose dans l'Ouest, alors qu'il serait dans une meilleure position pour me soutenir financièrement. Que ce serait plus facile pour nous deux. Et que je serais capable de faire beaucoup plus avec un plus grand financement.

Je n'avais pas envie de le faire. Je sentais que ma place était ici à Montréal. Je sentais que je pouvais vraiment faire une différence et changer les lois actuelles. Une fois mon but atteint, j'avais l'intention de le rejoindre, peut-être dans un an ou deux.

12

On se sépare

Nous nous sommes séparés. Je suis retournée vivre chez mes parents. La séparation a été très difficile. Alors que j'avais encore des regrets de l'avoir fait, l'appel et les cris de ces animaux ont pris le dessus sur mon chagrin. Je voulais me battre pour la cause.

J'ai continué pendant une autre année. Mes parents ont été vraiment exceptionnels, ils m'ont toujours encouragée tout au long du chemin. Peu importe les exigences, ils m'ont soutenue dans ma cause.

Ils ne m'ont jamais laissé tomber et ils ont bien compris ma situation ainsi que ma décision par rapport à Colin. Ils ont toujours été très respectueux.

Colin était le beau-fils idéal pour eux. Ils l'ont toujours taquiné en lui proposant de faire la fête. Ils nous ont même offert des vacances à la Barbade à la célèbre Crane Beach Hotel, où la nourriture est aussi gastronomique que tout ce qu'on peut imaginer.

J'ai régulièrement gardé le contact avec Colin durant la première année de séparation. Mais lentement, l'affinité s'est fanée avec le temps. Et le silence a pris la place.

Ainsi, chaque jour, sept jours par semaine, durant toute l'année suivante, il y avait toujours quelque chose à faire pour la cause, et je lui ai donné mon maximum.

Plus je me suis impliquée, et plus que j'ai eu des ennuis. Les gens n'aimaient plus ce que je faisais, peut-être parce que j'ai répété trop de fois le même message, ce qui leur a tombé sur les nerfs. J'ai senti la réfutation de la modification des lois sur ces violations, et tout cela m'a vraiment révoltée.

Je suis devenue plus agressive dans mes discours. Il n'y avait plus de rencontres avec les foules qui se rassemblaient auparavant dans le métro ou au parc Gamelin, à la Place des Arts et sur l'Avenue Mont-Royal.

La réponse que je recevais était soit des signes d'ignorance, ou les gens ne souhaitaient plus aborder le sujet directement, comme je le voulais si désespérément.

J'ai été arrêtée à plusieurs reprises pour intrusion sur la propriété et les bâtiments privés. Avec mon caméraman et deux journalistes indépendants, nous avions pris des clips et des films pour exposer le sale boulot.

Je savais ce qui se passait là-bas. Je voulais exposer les pratiques de ces entreprises de plusieurs millions de dollars pour ce qu'elles faisaient.

J'ai aussi changé mon apparence, je n'étais plus la dame aux cheveux blond fraise bien soignée. Je suis devenue une hors la loi.

Mes cheveux se sont transformés en longues mèches épaisses retenues sur la tête avec un foulard très large. C'était assez radical, car elles devenaient de plus en plus négligées.

J'ai cessé de me maquiller, et mes vêtements étaient deux fois plus grands que ma taille. Je portais des jeans skinny et de longs chandails.

C'était mon nouveau *look*. Je mesure 1,58 m et je pesais 50 kilos à l'époque. Je pense que mon apparence était devenue offensive à la population et aux médias en général.

J'ai senti que tout avait changé à partir de ce point. Personne ne m'a ouvertement dit qu'ils n'aimaient pas mon apparence, mais je pouvais sentir leur désapprobation silencieuse.

14

L'avocat

Même si je n'avais pas les finances pour embaucher un avocat, j'ai été très chanceuse. On m'a donné le même à chaque arrestation.

Son nom était Sam Wilcox. Il était en fait un bel homme d'âge moyen, très grand, chauve avec une moustache. Très poli, il me rappelait un majordome anglais que vous voyez dans les vieux films, toujours polis avec de belles manières.

Il était toujours là, à se présenter avec les documents juridiques qui convainquaient les agents de police d'enlever les menottes et de me laisser sortir de leur prison temporaire.

Cet homme était toujours là pour moi. Pourquoi ? Je n'en avais aucune d'espèce d'idée. Il apparaissait quelques heures après mon arrestation. Ce que je suppose, c'est qu'il apprenait rapidement par la télévision, le fait que je sois de nouveau arrêtée, en raison d'un comportement antisocial, et que j'avais bouleversé les autorités.

Alors, Sam Wilcox se présentait et me disait la même chose chaque fois sur un ton très poli :

« Bonjour, Alexandra je vois que vous êtes de nouveau en difficulté. »

Sam Wilcox est toujours arrivé peu de temps après que la manifestation soit déclarée illégale. Tout le monde était invité à se disperser ou une intervention judiciaire prenait place. Il savait que son aide serait nécessaire pour ceux et celles qui faisaient le plus de bruit, et je présume qu'il savait que je serais là.

Après chaque libération du poste de police, il ne m'a jamais dit autre chose que de faire attention pour la prochaine fois. Et que si j'avais besoin de ses services, qu'il serait là pour moi.

Je n'avais rien à lui dire de plus que de le remercier, comme toujours, et que je lui étais très reconnaissante qu'il me sorte encore une fois de prison.

Ma cause : sauver les animaux maltraités

Cet homme était, je crois, très respecté des agents de police et du système judiciaire de la ville. De ce que j'ai entendu dire, il avait un grand cabinet d'avocats à Montréal. Qu'il avait fait sa réputation puisqu'il réussissait à gagner ses causes devant les tribunaux.

À chaque fois, il me demandait toujours ce qui était arrivé cette fois. Je lui fournissais toujours la même réponse ; c'était comme d'habitude, que je ne cesserais jamais de défendre mon point à cette bande d'idiots.

Ils ne comprenaient pas, ils prenaient ces animaux juste pour leur plaisir. Il y avait ceux qui adoptaient des chiens ou des chats et lorsqu'ils tombaient malades, ils ne les ont pas soignés.

En effet, il y a des gens qui ne veulent rien faire lorsqu'ils sont malades ou ne veulent pas dépenser d'argent pour traiter leurs maladies. Leur solution est de les emmener chez le vétérinaire et les euthanasier.

Chaque année, selon les statistiques, des milliers d'animaux sont abandonnés et finissent à la SPA (Société Protectrice des Animaux). De plus, certaines usines à chiots fournissent leurs animaux pour des expériences de laboratoire.

Ces animaux sont élevés pour être torturés et tués. De

nombreux incidents documentés m'ont fourni amplement d'information que ces animaux sont morts de faim après avoir purgé leurs vies si cruellement courtes.

Ou encore, les animaux sont abandonnés à leur sort dans des appartements vides après le grand déménagement du 1er juillet à Montréal. Ou ils gèlent à l'extérieur pendant nos hivers si froids.

La plupart d'entre eux finissent par être euthanasiés en raison de l'échec d'adoption. Les gens ont tendance à adopter des chatons ou des chiots plutôt que des adultes. Ils sont tous dignes d'une deuxième chance pourtant.

J'en avais vraiment ras le bol et je gesticulais sans cesse en lui disant ce que je pensais. Il m'a toujours patiemment écoutée, avec son regard réservé, même avec toutes mes expressions et gesticulations tout au long de mon discours que je croyais convaincant. Il n'a jamais exprimé quelque chose de plus.

Quand je me suis mise à réfléchir sur ce qu'il a fait pour moi, je sais qu'il donnait les bons arguments au service de police pour me sortir de là. Je finissais toujours à la station située au coin de Saint-Urbain et Sainte-Catherine.

Il faisait son truc chaque fois que je me retrouvais dans le pétrin. J'étais tellement impliquée dans mes affaires qu'il ne m'est jamais venu à l'esprit qu'un jour, ma vie allait prendre un tournant vraiment inattendu à cause de lui.

Au Cabinet Wilcox & Associés

À la mi-mai 2014, j'ai reçu une lettre recommandée d'un cabinet d'avocats nommé Wilcox & Associés, situé sur l'Avenue McGill College près de l'Université McGill. On me disait de me présenter pour rencontrer M. Mike Karce, un avocat de ce cabinet, pour une séance d'information à propos d'un testament.

Mes parents et grands-parents étaient encore en vie et en très bonne santé. Ce que je comprenais des testaments était que mes grands-parents donneraient leurs biens et argent d'abord à mes parents. Et ensuite après leur mort, je serais celle qui recevrait les biens et l'argent.

C'est ce que j'en comprenais. Qui voudrait me léguer quelque chose dans un testament ? Je n'avais aucune idée avant mon entrée dans le bureau de M. Karce.

Plus tôt dans la semaine, une réunion de famille avait eu lieu au bureau Wilcox & Associés. Tous venaient d'assister au service funéraire de Sam Wilcox. On m'avait dit que les membres de sa famille étaient plus qu'anxieux de savoir enfin ce que le vieil homme, Sam Wilcox, leur avait légué.

Selon ce que monsieur Karce m'a mentionné, les membres de sa famille n'avaient pas été en contact avec lui depuis de nombreuses années. Bien qu'ils aient eu des réunions familiales, elles avaient toujours fini dans la controverse sur la façon dont Sam faisait affaire avec une certaine catégorie de personnes exprimant leur désaccord à la société.

C'était partout dans les médias, qu'il aidait ces rebelles dans les rues de Montréal. Que c'était ceux et celles qui n'avaient rien de mieux à faire pour s'occuper que de protester et mépriser tout, n'importe quoi et n'importe qui pour des causes stupides, sans importance.

Chaque membre de sa famille voulait, à tout prix, l'influencer. Le convaincre qu'en tant qu'avocat de si grande réputation, il devait plutôt servir les clients qui pouvaient se permettre ses services à tarifs très élevés. Et oublier les autres qui n'avaient pas les moyens de le payer.

Il y avait beaucoup de désaccords dans la famille qui n'ont jamais été réconciliés. Et cette dernière situation a continué sur le statu quo jusqu'à sa mort.

Ils l'avaient vu sortir de la station de police avec cette nana délinquante qui était la plus rebelle de la bande, comme ils m'avaient étiquetée. Ils avaient honte de voir ce qui se déroulait à la télévision. Sam Wilcox, jouissait d'une grande réputation en tant que meilleur avocat de la ville et du pays. Vu avec elle, était inconcevable pour eux.

Cet avocat devenu un multimillionnaire, se présentait au poste de police après chacune des arrestations de cette fille si intransigeante. Ils l'ont même attaqué personnellement en lui disant que peut-être il avait une liaison douteuse avec elle. Et ils argumentaient sans cesse sur le sujet.

Après avoir été mariés durant vingt-huit ans à son amour de collège, ils ont fini par divorcer. Sa femme est devenue de plus en plus méfiante. Elle était convaincue qu'il se produisait quelque chose qu'il ne lui avouerait jamais. Il n'y a jamais eu de preuve, puisqu'il n'y a jamais eu une *affaire* entre nous.

Ils lui ont rendu un dernier hommage. Mais ils n'ont jamais beaucoup pensé en bien à son égard et cela, depuis très longtemps.

Ils étaient tous assis devant un très vieil ami de Sam, Mike Karce, l'avocat commis d'office pour la lecture de son testament. L'atmosphère était très froide, il n'y avait pas de véritable sentiment chaleureux ou d'empathie envers Sam.

Mike Karce a soigneusement pris dans ses mains un coffret de cuir marron rectangulaire qui était dans le tiroir droit de son bureau. Les coins du coffret étaient ébréchés sur le motif sculpté. Il ouvrit le couvercle très soigneusement et en sortit une feuille de papier pliée.

Tous les yeux étaient rivés sur le prix à gagner — que serait le contenu du testament de Sam ?

La lettre de Sam était à la vue de tous sur un écran donnant sur le mur derrière le bureau de Mike où tout le monde pouvait lire le document en même temps que Mike le lisait.

– Mesdames et Messieurs, je suis sur le point de lire ce que M. Sam Wilcox m'a demandé de faire après son départ de ce monde. Je vais procéder comme la loi m'autorise à le faire.

Il a ensuite ouvert la lettre et brièvement gardé le silence regardant tout le monde. Ayant personnellement connu Sam pendant de nombreuses années avant sa retraite, il semblait d'abord réticent de dire à ces clients impatients ce que Sam lui ordonnait de faire.

Il a lu les premières lignes. Prenant quelques secondes, il ajusta ses lunettes et se dit en lui-même que puisque cela faisait partie de ce que Sam voulait, qu'il n'échouerait pas.

Tout le monde était fixé à l'écran et enfin, la lettre est apparue.

Il se racla la gorge et commença à lire :

« Je soussigné, Sam Wilcox, avocat à la retraite, domicilié au 1650 Sherbrooke Ouest, à la Ville de Montréal, province de Québec, Canada, né le 31 mai 1948 portant le numéro d'assurance sociale 507 659 122, fais mon dernier testament comme suit :

État civil : Je suis divorcé et non remarié.

Je révoque expressément tous les autres testaments, codicilles et legs antérieurs au présent testament.

Je laisse le soin de mes funérailles et ma crémation à Mike Karce qui est officiellement l'exécuteur testamentaire. Il est chargé avec la pleine autorité de tout l'actif de ma succession. Et notamment, il peut, sans obtenir l'autorisation d'un tribunal ou d'un juge, accomplir ma volonté lors mon décès.

En tant que mon exécuteur testamentaire, il gérera tous les actifs destinés à la seule personne que j'ai choisie pour mon héritière.

En toute bonne foi, j'ai paraphé chaque page du présent testament et signé l'ensemble du document en présence de Mike

21

Karce. »

Le testament a été signé par Mike et Sam à leur bureau, cinq ans après que Sam ait pris sa retraite.

Le deuxième document du coffret devait être lu après la première page de son testament.

C'était encore une page pliée avec l'écriture de Sam Wilcox :

« La personne à qui je donne ma fortune est la seule personne digne de ma confiance dans cette vie. Et pour ceux qui s'attendaient à ce que je leur laisse quelque chose, vous allez être déçus.

Pour ceux et celles de ma famille immédiate assistant à cette présente réunion, je ne vous mentionnerai pas qui est cette personne. J'ai assigné la tâche à monsieur Mike Karce pour qu'il s'assure que cela reste confidentiel en tout temps. »

L'avocat a tiré ses lunettes près de la pointe de son nez. Puis il a regardé ces personnes, s'attendant à des explosions ou à beaucoup de pleurs à la suite de ce qui venait de se produire.

Il n'a pas eu à en subir les conséquences. Il a informé les participants que la personne nommée dans le testament n'était pas présente. Qu'il avait reçu des instructions très précises de Sam Wilcox de terminer la rencontre avec ces personnes, puisque ce n'était catégoriquement d'aucun intérêt pour elles.

Selon les instructions de Sam Wilcox, on leur avait dit tout ce dont ils étaient permis pour eux de savoir et que c'était la fin de la rencontre. De nombreux soupirs se firent entendre, personne ne pouvait avoir de recours ou contester ce que Sam avait décidé.

Les instructions de M. Wilcox

Parmi les instructions de M. Wilcox, M. Karce devait me localiser, peu importe où j'étais dans le monde, espérant que j'étais encore en vie. Il avait reçu des instructions très précises. Il avait le financement adéquat pour l'encourager sur tout ce qu'il faudrait faire pour me trouver. Il a eu de la chance puisque je vivais près de Montréal.

Après avoir quitté ma guerre à plein temps, je me suis débarrassée de mes cheveux longs. J'ai de nouveau pris soin de mon apparence. Et avec l'aide financière de mes parents, j'ai ouvert ma première clinique vétérinaire sur la Rive-Sud de Montréal, à Boucherville.

Je suis toujours demeurée dédiée à ma cause et j'étais très active en ligne, ayant mon propre site Web et un très grand nombre d'adeptes sur mes blogues.

J'ai rencontré M. Karce ce jour-là, à sa firme sur l'Avenue McGill College. Après les salutations et l'identification appropriée prouvant que j'étais bien la personne qu'il recherchait, il m'a invité à m'asseoir et m'a remis le testament de M. Sam Wilcox.

Curieusement, il semblait être un type de personne similaire à Sam. Il m'a rappelé le vieux stéréotype d'un majordome anglais, très réservé avec de bonnes manières.

Il a ensuite présenté ses excuses car il devait quitter son bureau pour quelques minutes, pour passer un appel urgent pour un client.

Après toutes ces années, j'avais complètement oublié Sam Wilcox.

J'ai regardé autour de la pièce et j'ai observé derrière son bureau, une étagère près de la fenêtre, où il y avait une photo de lui et de quelqu'un qui ressemblait à Sam.

Ils souriaient pour la caméra à ce qui semblait être une journée très agréable lors d'un tournoi de golf. J'ai constaté que Sam avait une marque de naissance sur son avant-bras droit. J'ai souri puisque j'avais trouvé cela mignon.

Puis, je suis revenue à ce que j'étais censée faire : ouvrir l'enveloppe. Elle était scellée de cire. C'était comme s'il s'agissait d'une lettre provenant d'un roi ou d'un régime monarchique de quelques sortes.

C'était étrange pour moi, mais ma curiosité quant à son contenu l'a remporté sur mes sentiments. Je l'ai ouverte avec une seule pression, soulevant la cire.

Je pourrais dire que c'était la première fois que je voyais un testament de toute ma vie. C'était surprenant pour moi qu'un testament puisse être aussi long.

Alors, j'ai commencé la lecture, un bruit se fit entendre depuis la surface du bureau de monsieur Karce.

C'était un pendule Smithsonian qui balançait. Monsieur Karce l'avait activé avant de quitter son bureau. Pour moi, c'était la première fois que je l'entendais, étant tellement concentrée sur la lettre de M. Wilcox. Par son mouvement, il balançait depuis un certain temps. J'ai trouvé cela étrange...

Le testament

« Bonjour Alexandra,

Si vous lisez mon testament, cela signifie que vous êtes toujours en vie et vous vous portez bien. Je l'espère, en fait.

Je suis Sam Wilcox, je vous ai fourni mes services en tant qu'avocat pour votre dévouement à cette grande cause. Je suis sûr que vous êtes, en ce moment, très surprise que je vous aie choisie comme seule héritière. Ce qui suit vous expliquera mes raisons.

J'ai besoin que vous me fassiez quelques faveurs et en échange, je vous donne cent millions de dollars. Le montant vous sera versé lorsque vous aurez accompli toutes les demandes que je décris dans cette lettre.

Et suivant leurs réussites et certifications, chacune en bonne et due forme, vous serez récompensée à la toute fin, de l'argent que M. Mike Karce vous remettra en mon nom.

Je vous fournis les moyens financiers pour vous permettre de prendre un congé de tout ce que vous faites actuellement pour la durée requise pour effectuer ces tâches. C'est, je crois, un montant raisonnable pour tout ce dont vous aurez besoin.

Voici les conditions que j'ai mises en place afin que vous puissiez recevoir les fonds que j'ai décidé de vous léguer.

Depuis ma retraite, je me suis engagé à faire de nombreuses recherches afin d'amener des changements positifs dans les domaines de la cruauté envers les animaux.

Aussi, de trouver les véritables raisons et les individus derrière l'augmentation des drogues dangereuses qui sont de plus en plus prescrites aux gens, entraînant une augmentation des effets secondaires néfastes, et plus souvent leur mort.

Cela comprend la croissance continuelle de droguer les jeunes et les personnes âgées. J'ai perdu des amis qui m'étaient très chers à cause de médicaments d'ordonnance qui leur ont été prescrits.

Certains de ces médicaments n'ont pas été entièrement testés ou les effets indésirables ont été camouflés. Et ils présentent encore aujourd'hui, un très grand danger pour ceux qui en consomment. C'est ce qui se passe de plus en plus souvent, et c'est arrivé à un point tel, que cela représente un grand problème dans notre domaine de la santé.

Mike sera à votre service afin d'obtenir les actions en justice à intenter. Bien qu'il soit un très bon ami, il sera également assigné pour faire des choses pour vous au niveau légal, ne vous inquiétez pas sur l'utilisation de ses services en tout temps. Mike possède tous les documents scellés dans un coffre-fort dans son bureau.

Voici ce que sont vos instructions :

Puisque j'ai utilisé les services d'un enquêteur privé, vous devez vous présenter à la législature provinciale et soumettre ce document pour moi.

C'est une proposition importante qui, je crois sincèrement, sera approuvée en ce qui concerne l'adoption de ce projet de loi, de lutte contre la cruauté envers les animaux. Celui-ci a accumulé de la poussière sur les bureaux depuis de nombreuses années.

Ce projet de loi peut être relancé avec ce document. Je suis convaincu que vous serez heureuse de le lire pour ensuite le soumettre au gouvernement actuel. Mes arguments et les preuves incontestables, représentent un dossier solide pour vous.

Une fois soumis avec succès, vous devrez rencontrer votre représentant du gouvernement et obtenir son accord pour que ce projet de loi soit approuvé en tant que loi.

Le but de cette loi est de prononcer l'illégalité pour quiconque, de posséder des usines à chiots partout dans la province. Et d'abolir l'accès que les compagnies pharmaceutiques et cosmétiques possèdent depuis très longtemps.

Lors de son approbation et de son activation, il leur sera interdit d'utiliser leurs services. Si cette loi se voit violée, les résultats

26

peuvent inclure la fermeture de leurs installations de recherche, des amendes très sévères et l'emprisonnement.

Ce qui en résultera pour vous, c'est une loi mise en place qui aboutira en de nombreuses vies d'animaux tirées du danger.

J'ai vu beaucoup de pétitions signées pour obtenir que ces entreprises cessent de commettre ces atrocités incroyables. Elles n'ont rien changé. Maintenant, je vous donne la possibilité que vous avez tant recherchée.

Je veux aussi que vous créiez votre propre Fondation de protection des animaux. Voici les informations. Vous trouverez ci-inclus un chèque à votre nom pour 50,000 $. Plus les services d'un concepteur de sites Web ainsi que l'adresse de l'immeuble que j'ai acheté sous votre nom dans le Vieux Montréal.

Tout est prêt pour vous, tous les meubles, tous les logiciels sont installés avec les meilleurs services de sécurité imaginables que j'ai également payé pour les prochains dix ans de service.

Les taxes et services de l'unité sont également payés une fois par an pour les dix prochaines années. Vous pouvez engager jusqu'à cinq personnes pour l'administration de votre Fondation.

Les salaires sont également couverts et sont indexés sur le coût de la vie actuel. Le but de votre Fondation sera de fournir les soins et les services pour les animaux de votre choix. Vous avez un grand bâtiment de 10.000 m^2 que vous pouvez utiliser pour les abris, l'hospitalisation et le service d'adoption pour la ville et la province.

J'ai malheureusement constaté que la majorité des groupes existants euthanasiaient les animaux trop souvent pour des besoins d'économie. Un très grand pourcentage de l'argent reçu est empoché par les individus qui dirigent ces endroits, au lieu de fournir les soins nécessaires à ces animaux.

Donc, ne leur faites pas confiance, car la plupart du temps, cela fonctionne sur le même ordre du jour, puisqu'ils sont financés par les entreprises cosmétiques et pharmaceutiques.

Ceux-ci utilisent ces animaux qu'ils prétendent « sauver » pour leur prochain parfum, maquillage, shampoing, rouge à lèvres, ou pour la fabrication de meilleurs aliments pour chats et chiens et médicaments. Tout cela est fait, bien sûr, dans le secret.

Pour ce qui est des médias qui ont été si méchants avec vous, j'ai dans la deuxième enveloppe un rapport que je veux que vous déposiez à la Cour pénale en tant que document officiel.

Il expose les réceptions d'enveloppes brunes très épaisses et le

27

chantage auquel les médias se sont soumis pour la création et la distribution de leurs propagandes négatives lors de vos protestations. Et la façon dont tout a été entièrement orchestré, par ces sociétés que vous exposiez.

Il s'agit de la documentation officielle et juridique. Elle inclut les noms de qui, quoi, comment, quand, etc. de chaque incident individuel. De tout ce qui s'est passé au sujet de vous et de vos amis, et cela, depuis le premier jour.

Il n'est pas trop tard. Je crois que la vérité doit être révélée. À partir de ces informations dénoncées, je suis sûr qu'il y aura quelques rajustements à adopter sur la façon dont les médias feront leur travail.

Lorsque cela sera fait, assurez-vous que votre passeport est valide puisque je veux que vous preniez trois semaines de vacances. Vous devez vous rendre au Japon, le pays que j'ai visité plus souvent que tout autre.

Vous devrez vous rendre à Kōofu au temple bouddhiste de la secte Joōo-shū dans la ville de Kamakura dans la préfecture de Kanagawa. Vous verrez la statue du Grand Bouddha. Vous y serez attendue.

J'ai envoyé un message au temple après ma retraite et j'ai un très bon ami là-bas qui m'a promis qu'il allait avoir quelqu'un pour vous accueillir s'il ne faisait plus partie du monde actuel.

Mon corps devait être incinéré immédiatement après le constat de ma mort, s'il vous plaît, en obtenir la confirmation.

Vous devez présenter cette petite enveloppe scellée et l'urne de mes cendres au présent maître bouddhiste.

Vous aurez une chambre d'hôtel pour trois semaines. Vous aurez également un guide privé afin que vous visitiez ces magnifiques îles qui composent ce grand pays.

Votre vie sera certainement enrichie de tout ce qu'il vous offrira. J'ai toujours considéré que quelqu'un, peu importe son origine, sa race, etc., qui essaie sincèrement de travailler à l'amélioration de quelque chose, doit être correctement reconnu. Je tiens à vous assurer que ce n'est pas seulement moi, mais aussi des gens comme vous, dans le monde entier.

À votre retour, il vous restera une dernière chose à faire pour moi :

Cette dernière demande est une tâche très importante et difficile. J'espère que, d'avoir accompli toutes les tâches qui ont précédé, cela contribuera positivement à vous mettre dans une position plus facile pour y faire face.

Comme vous pouvez être ou ne pas en être au courant, il existe plusieurs groupes et Fondations, incluant ceux dont vous vous êtes directement opposée durant vos activités pro animales.

Cependant, il y a une personne ou un groupe, positionné dans les coulisses de financement de toutes ces activités envers lequel vous avez tant lutté. La résultante, c'est qu'il y a une guerre silencieuse qui se manifeste sur tout projet possible pour apporter un soulagement et de meilleures conditions de vie pour plusieurs.

Cette guerre est nourrie par d'immenses coffres financiers provenant de ressources des mouvements qui sont contre tout ce qui peut être fait pour l'amélioration et le progrès, y compris bien sûr les produits pharmaceutiques qui ciblent les enfants et les personnes âgées.

Ces médicaments conduisent à une dépendance pour la durée de toute une vie. Une société droguée incapable d'apprendre. Et assez souvent, à cause des effets secondaires de ces médicaments, il y a celui qui se suicide ou tue d'autres personnes. J'ai fait beaucoup de recherches sur ce sujet et dans la troisième enveloppe, je vous donne toutes les informations que j'ai accumulées.

Vous devez terminer l'enquête et ensuite exposer ces personnes pour les criminels antisociaux qu'ils sont. J'ai mes soupçons sur qui est cette personne et ce groupe.

Vous vous devez de terminer mon travail, les faire incarcérer, exposer leurs activités et les faire traduire en justice. Comme vous le savez, la loi sur l'information est une loi canadienne dont le but est de fournir le droit d'accès sous le contrôle d'une institution gouvernementale.

Elle déclare que l'information gouvernementale doit être accessible au public, mais avec des exceptions indispensables, ce droit d'accès doit être limité et explicite. Et les décisions concernant la divulgation de toute information du gouvernement doivent toujours être examinées indépendamment du gouvernement.

Malgré tous mes efforts, peu importe où je me suis tourné afin d'obtenir l'information, les portes se sont fermées sans raison logique. Ce n'était pas une question de sécurité nationale pour que ce soit gardé secret, vous me direz. Mais c'est ce à quoi j'ai fait face.

29

Tout au long de ma carrière, j'ai été témoin, plus d'une fois, que les diagnostics fournis à mes amis et les médicaments prescrits ont brusquement mis fin à leur vie. Le chagrin qui en est dérivé, la douleur émotionnelle de ces décès m'ont gravement affecté durant plusieurs années.

Je ne pouvais pas croire que mes amis disparaissaient l'un après l'autre aussi rapidement. Ils ont tous profité de la vie, avaient des familles dont ils étaient très fiers. Ils étaient heureux de leur carrière pour ensuite prendre leur retraite, satisfaits de leur contribution à notre firme.

Quelque chose d'important leur est arrivé. Et j'ai consacré beaucoup de mon temps depuis ma retraite à rechercher la cause. Je voulais mettre la main sur les rapports d'autopsie du coroner, mais on m'a dit que l'information se devait de demeurer scellée.

Je ne pouvais pas obtenir le nom ou les noms de ceux qui entravaient l'information pour la rendre publique. Donc, quelqu'un a fait un sacré travail pour garder cette information secrète.

Ouvrez la dernière enveloppe, il y a une image de l'homme que j'ai suspecté depuis très longtemps. Comment puis-je le savoir ? Étant un avocat, cela m'a donné l'occasion de découvrir le monde clandestin de l'entreprise, les cartels et beaucoup plus que je n'ai jamais pensé exister.

Vous aurez besoin d'enquêteurs professionnels pour vous aider à faire un travail approfondi. J'ai laissé quelques cartes de visite des meilleurs enquêteurs que vous pouvez trouver en Amérique du Nord.

Ils sont ex-policiers, détectives privés, enquêteurs, etc. Ils doivent être contactés et être engagés pour travailler activement pour vous. Pendant ce temps, vous pouvez retourner au travail pendant que la collecte de données est en cours.

Ce projet majeur que j'avais en cours est très important, et je sens très fortement la nécessité de le compléter, puisqu'il apportera des avantages importants à tout le monde.

La raison pour laquelle je vous ai choisie pour l'exécution de ces tâches, c'est que je pense que vous êtes la personne avec les mêmes vues que j'ai sur ces questions. Et je sais que vous êtes compétente et êtes pleinement en mesure de répondre à ces exigences. C'est pourquoi je les mets comme pré requis à la réception de mon legs.

S'il vous plaît, communiquez avec Mike de ce que vous décidez.

30

Je ne suis, en aucun cas, en train d'essayer de vous forcer à faire quelque chose que vous ne désirez pas faire.

Cependant, de ce que je sais de vous, je suis sûr que vous pouvez avoir du succès. J'espère que vous le ferez pour moi.

Avec mes meilleures salutations,

Sam Wilcox »

Des informations complémentaires

Pourquoi cet homme voulait-il que je fasse toutes ces choses pour 100 M$? Ça me semble être des tâches très intéressantes. Je me suis demandé si ça valait bien la peine de quitter ma clinique pour faire ce qu'il m'a demandé pour 100 M$. C'était assez ahurissant, pour le moins qu'on puisse dire. Je n'étais pas sûre si c'était un rêve ou la réalité.

J'ai tout mis dans le coffret et j'ai attendu le retour de M. Karce. Le pendule Smithsonian s'est arrêté dès son retour dans le bureau.

– Mlle Thompson, avez-vous terminé avec la lecture ?

Je ne savais pas quoi dire — avec hésitation, j'ai fait signe que oui.

Il pouvait constater que je n'étais pas complètement à l'aise avec ce testament. Accepter ces conditions entraînerait mon implication dans une aventure, en laissant tout derrière, pour un temps indéterminé. Et cela, sans aucune garantie que je réussisse l'exécution de tous ces points demandés par Sam Wilcox.

Je suis devenue très émotive sur ce qu'il a écrit. Pendant des années, à mon insu, il a secrètement travaillé pour ma cause. J'ai aussi senti la douleur qu'il avait pour la perte de ses amis.

M. Karce me regarda silencieusement, ses lunettes au bout de son nez, s'interrogeant sur mon prochain geste ou réponse.

– Pourquoi cet homme m'a-t-il nommée comme seule héritière dans ce testament, M. Karce ?

Assis à son bureau, il m'a regardé droit dans les yeux et sans hésitation, il m'a dit que c'était la décision de Sam et qu'il ne pouvait pas me donner d'autres raisons.

Il connaissait Sam Wilcox depuis de nombreuses années et il n'avait jamais soupçonné qu'il ferait cela. Mais de ce qu'il connaissait de sa vie, il n'aurait jamais laissé quoi que ce soit à sa famille immédiate.

Leur relation n'était pas des meilleures et après avoir à écouter les arguments que sa femme lui présentait sans cesse, pendant des mois sur l'histoire d'amour qui n'a jamais eu lieu. Être critiqué pour soutenir et défendre des personnes qui n'avaient rien de mieux à faire que de protester contre tout et n'importe quoi.

Il a alors décidé qu'il en avait assez et il a coupé les liens et divorcé non seulement sa femme, mais de tout le monde.

Cette supposée affaire était avec moi...

– Alors, Mlle Thompson, qu'allez-vous faire ?

Toujours dans un état de surprise et d'incrédulité, je l'ai regardé droit dans les yeux et lui ai dit que je devais y donner une réflexion sérieuse.

Cette décision impliquait tellement de choses que je ne pouvais pas lui donner une réponse immédiate.

Il me tendit le coffret de cuir avec tout son contenu et m'a invité à revenir le rencontrer dans une semaine ou deux, pour me donner le temps de lire et de digérer la totalité du contenu du coffret.

Il m'a assuré que Sam lui avait donné une copie de tous les documents au cas où je les perdrais. J'ai quitté son bureau avec le coffret et je suis retournée à ma clinique.

Tous mes employés étaient partis, car c'était en début de soirée. J'ai fait le tour de mes patients afin de m'assurer que tous étaient bien, et suis retournée à mon bureau.

J'ai pris tous mes messages téléphoniques et retourné les appels. Puis, une heure plus tard, tout en me versant un café à la cuisine, j'entendis le téléphone sonner.

Qui pouvait m'appeler à cette heure ? Je ne m'attendais pas à des appels, mais quand j'ai vu le nom sur l'écran du téléphone, je n'ai pas hésité à soulever le récepteur.

C'était M. Karce qui, en premier, s'est excusé de me contacter

34

après les heures de bureau. Ensuite il m'a demandé si j'avais accès à l'Internet et d'aller sur Google pour taper : Wilcox & Associés.

Je lui ai bien sûr confirmé que je le pouvais et allumé mon pc pour ensuite taper ces mots.

Comme j'ai commencé à taper, beaucoup de mots et de sites proposés sont instantanément apparus. Mais un en particulier a attiré mon attention. C'était la seule annonce payée apparaissant sur le côté droit de la page de recherche.

Je pris le téléphone.

— Est-ce que vous vouliez dire ce que je vois sur le côté droit de la page ?

— Oui, c'est cela, s'il vous plaît, cliquez sur elle.

Le site était une page de couleur vanille avec une fleur de lys semblant être brodée dans la page. Il n'y avait que les mots : Bienvenue

— S'il vous plaît, allez au bas de la page.

J'ai cliqué et une autre page est apparue et demandait un mot de passe.

— Êtes-vous là Mlle Thompson ?

— Oui, j'y suis, mais on me demande un mot de passe.

— Avez-vous le coffret avec vous ?

— Oui.

— Parfait. SVP, ouvrez-le et renversez-le pour voir le dessous du couvercle.

Il y avait le mot Sam d'écrit.

J'ai saisi le mot de passe et j'en avais pour des pages et des pages à lire, montrant toute la cartographie de mon voyage, étape par étape. Les endroits où je devais aller, des photos de personnes, que j'avais à rencontrer, etc. Tout était là, comme Sam Wilcox l'avait écrit dans le testament.

— Je devais vous donner cette information avant que vous quittiez mon bureau.

— S'il vous plaît, je vous demande d'accepter mes excuses de vous avoir dérangée à une heure si tardive. Sam ne m'aurait jamais pardonné de ne pas vous avoir fourni cette information.

Je me suis dit : *Comment Sam aurait-il pu savoir qu'il avait oublié ? Sam Wilcox était mort...*

Je sentais que cet avocat parlait de lui comme si Sam était au-dessus son épaule pour s'assurer qu'il faisait tout ce qu'il devait faire.

35

– Je vous laisse maintenant, je suis sûr que vous avez beaucoup à digérer, je vous souhaite une très bonne soirée, Mlle Thompson.

– À vous aussi, M. Karce.

Il a ensuite raccroché.

Lucie a regardé Mlle Thompson et se questionna sur tout cela en silence. Quelle était la décision qu'Alexandra avait prise à l'époque ?

Cinq ans plus tard

– Je dois dire que dans un premier temps, je me sentais comme si l'on m'avait remis une carotte irrésistible. J'avais une vie très satisfaisante avant cet événement.

Mais en même temps, je me suis mise à réaliser l'ampleur des démarches que cet homme avait prises. Qu'il m'avait tellement aidée durant mon temps très agité avec les agents de police, que s'il n'avait pas été là pour moi, on m'aurait incarcérée pendant des mois sinon des années avec les conséquences ne me permettant plus de commencer ma carrière en tant que vétérinaire.

Ma reconnaissance envers lui prenait de l'amplitude, non seulement pour ce qu'il avait fait pour moi à l'époque, mais pour ce qu'il m'offrait même après sa mort.

Donc, j'ai commencé à regarder les pages. C'était vraiment impressionnant la façon dont le site était construit. Tous les détails y étaient. Incluant mon itinéraire pour me rendre au Japon.

Je n'avais pas voyagé depuis très longtemps, ma clinique exigeait que j'y sois pratiquement sept jours par semaine.

Mais cette nouvelle aventure me présentait l'opportunité d'avoir un temps d'arrêt. Je serais alors en mesure de répondre positivement à ce que Sam Wilcox voulait que je fasse.

Tout a commencé à être intéressant, l'aventure de toute une vie !

Mais tout faire seule ce que Sam Wilcox me demandait ? Cela commençait à m'inquiéter. Je ne pouvais pas faire tout ça par moi-même. Étant une femme, cela me rendrait un peu vulnérable dans un pays que je ne connaissais pas. Et je ne parlais pas japonais.

Sans hésitation, je vérifie sur LinkedIn avec le nom et la profession de Colin, son profil était là, il n'y avait pas de photos, mais à partir de son profil, cela m'a donné assez d'informations pour confirmer que c'était lui.

Colin était toujours là et je voulais savoir ce qu'il faisait. Il était la seule personne avec qui je pouvais partager ma situation. Je n'étais pas sur le point d'en parler à mes parents ou mes proches. Colin était celui en qui j'avais le plus confiance.

J'ai vérifié sur Skype, mais il y avait tellement de mêmes noms que j'ai décidé de chercher mon vieux livre de numéros de téléphone et recherché le numéro de Colin.

C'était le seul numéro que j'avais depuis qu'il avait déménagé à Vancouver, et j'espérais que son numéro soit toujours valide. Je ne l'avais pas contacté depuis cinq ans, mais j'avais bon espoir qu'il pouvait me conseiller sur ce que je devrais faire.

Le téléphone sonna et une femme répondit à l'appel.

– Bonjour !

– Bonjour, puis-je parler à Colin ?

Après un bref silence, cette voix féminine m'a demandé qui le demandait.

– Alexandra Thompson, dis-je.

Elle m'a invitée à patienter…

Je pouvais entendre Colin lui dire, vous êtes sûr que c'est Alexandra Thompson ? Je n'ai pas entendu parler d'elle depuis des années.

Il a ensuite pris le téléphone.

– Oui, bonjour, c'est Colin.

– Bonjour Colin, c'est Alexandra.

– Alex ! Quelle surprise ! Comment ça va pour toi après toutes ces années ? Cela fait tellement longtemps que j'ai eu de tes nouvelles ! Attend une minute s'il te plaît… Oui, tout est beau, merci et bonne soirée.

– Désolé, c'était la femme de ménage qui vient de quitter mon domicile pour la journée. Je ne peux pas faire toute la tenue de la maison pendant que je travaille comme un fou dix heures par jour.

Dis-moi ce qui m'amène cette surprise aujourd'hui. Tu

38

déménages dans l'Ouest ? Quelle est l'arrivée de ton vol, je vais venir te chercher à l'aéroport en un rien de temps !

Son sens de l'humour et sa joie de vivre ont toujours été un plaisir pour moi. Il n'avait pas du tout changé. Il était toujours le Colin que je connaissais si bien.

— Il y a quelque chose que je dois te dire, qui est complètement fou. Je ne sais même pas par quoi commencer.

— Qu'est-ce que c'est, dis-moi ?

— Eh bien ! Lundi dernier, j'ai reçu une lettre recommandée d'un cabinet d'avocat appelé Wilcox & Associés dans laquelle j'ai été invitée à rencontrer un avocat aujourd'hui à ce bureau sur l'Avenue McGill College à Montréal.

Quoi qu'il en soit, en bref, je suis l'héritière de l'avocat qui était toujours à ma rescousse et à ma défense durant mes folles années à Montréal. Il était toujours là pour me sortir de prison chaque fois que c'est arrivé. Te souviens-tu de lui ?

— Vaguement, je dirais, je n'étais pas un fauteur de troubles, comme toi, tu sais.

— OK, cet homme m'a désigné comme la seule héritière et avec ça, vient un 100 M$!

— Quoi ? Ai-je bien entendu ? Alex, tu plaisantes, non ?

— Non, pas du tout !

J'ai continué à l'informer du mieux que je pouvais. Mais sans preuve tangible, c'était très difficile de le convaincre que tout était vrai.

Je ne pouvais pas lui montrer ce que j'avais dans les mains et ce que j'ai vu sur ce site qui avait été créé spécialement pour moi. Il a poliment écouté tout ce que je lui ai dit.

Au cours de cette discussion, il a ressenti que je voulais obtenir son opinion sur le plan. Il a compris que j'étais très nerveuse à l'idée d'accepter ce défi pour obtenir cet argent.

Colin était celui à qui je faisais confiance. J'étais sûre qu'il allait me donner les bons conseils. Je pourrais ensuite prendre l'ultime décision.

— Qu'est-ce que tu veux faire ?

— Peux-tu venir à Montréal ?

— Pour combien de temps ?

— Peut-être une semaine si tu le peux ?

— OK, laisse-moi regarder ça et je vais te revenir. Alex, c'est certainement débile ! Je vais te revenir dans un jour ou deux.

39

– OK, appelle-moi à ce numéro, c'est celui de ma clinique et s'il n'y a pas de réponse, l'appel sera transmis à mon cellulaire, donc, je ne pourrai pas le manquer.

Colin a probablement pensé que je perdais la tête étant tellement excitée. Je pense qu'il était réticent à croire cette histoire. Je me sentais tellement stupide après cette conversation.

Et avec toute la fatigue de la journée, il était temps que je rentre chez moi, pour me faire à manger. J'ai fait démarrer ma Beetle à distance et le moteur a commencé à tourner.

C'est drôle que je n'aie pas été en contact avec lui avant d'ouvrir ma clinique. J'aurais pu saisir cette opportunité afin de savoir ce qui se passait avec lui, et peut-être déménager à Vancouver. Les circonstances de la vie en ont fait autrement, c'était mon choix.

Un appel téléphonique inattendu

Quinze minutes plus tard, j'étais arrivée à la maison. Mes deux compagnons sont venus me saluer comme d'habitude, mes deux chats noirs, insistant très fortement pour que je les nourrisse.

Je suis allée à la cuisine suivie par ces deux boules de poils enjouées. Ils étaient mes deux compagnons à mon domicile. Ils étaient en bonne santé. Et j'ai toujours été très heureuse de leur fournir les soins appropriés en tant que vétérinaire.

Quant à moi, je ne savais pas quoi manger, mais j'avais une envie de quelque chose que je pourrais mordre. Quelque chose de complètement différent de mes habitudes alimentaires. J'ai appelé Pizza Hut pour une pizza végétarienne — champignons, poivrons verts, oignons rouges, tomate mûre et mozzarella.

C'est ce que je commandais lorsque Colin et moi vivions ensemble. Il demandait tout le temps l'ajout d'anchois à ses ordres de pizza. C'est drôle que je me souvienne maintenant de ce détail.

Comme je devais attendre ma pizza pendant au moins une demi-heure, j'ai pris une douche rapide et mis mes pantalons de yoga et un T-shirt à manches longues.

Ensuite, le livreur sonna à la porte avec ma commande. Ça sentait si bon. J'ai allumé la télévision et visionné l'épisode intitulé : Hope for Wild Life sur le canal Oasis. J'aimais beaucoup cette émission. C'était de vraies personnes qui faisaient des choses réelles pour aider les animaux sauvages, en leur donnant une seconde chance à la vie.

J'ai toujours eu une grande admiration pour cette femme qui s'appelait Hope et les centaines de bénévoles qui consacraient leur temps à la cause. Lorsque l'émission s'est terminée, j'ai effleuré d'autres canaux pour voir s'il y avait quelque chose d'autre pouvant être intéressant, et le téléphone a sonné.

Dix heures du soir ? Qui cela pouvait-il être ? Je ne m'attendais pas à recevoir un appel à cette heure tardive.

J'ai regardé l'écran du téléphone, c'était Colin.

– Bonsoir Colin !

– Bonsoir Alex, à propos de notre discussion d'aujourd'hui, j'ai pris du temps pour y penser. J'étais, je dois l'avouer, très surpris de ton appel avec cette histoire de testament si bizarre. Tu as piqué ma curiosité.

Veux-tu venir me chercher à la porte de l'arrivée d'Air Canada à l'aéroport Pierre Trudeau, demain aux alentours de 14 h ?

– Bien sûr ! Je serai là.

– Mon vol part à 13 h de Vancouver demain. Prends ton temps, car il faudra un certain temps avant que je récupère mes bagages. Ça te va ?

– Super ! Je te vois demain.

La conversation a été courte, mais très touchante, après tout ce temps, Colin prenait l'avion pour venir me voir à Montréal ! J'étais tellement excitée à l'idée qu'il allait venir me voir !

Cinq années sont passées, mais mon cœur, je dirais, battait de nouveau le tambour pour cet homme que je n'ai jamais cessé d'aimer.

Les choses pourraient être différentes maintenant, il pouvait être marié, avoir des enfants, etc.

Non ! je me suis dit. *Quand je lui ai parlé, il avait une bonne chargée de l'entretien ménager — qui sait ? Mais, peu importe ce qui se passait dans sa vie, je lui serais toujours reconnaissante qu'il prenne l'avion pour venir me voir.*

Je devais penser vite. J'avais beaucoup de rendez-vous au calendrier pour les prochains jours, mais je n'avais aucune chirurgie de programmée.

J'ai envoyé des courriels à mes assistants, en leur disant de prendre le relais pour une semaine, car j'avais un ami qui venait en

42

ville pour une semaine.

Je suis ensuite allée dans ma chambre et j'ai choisi mes vêtements pour le lendemain. J'ai éteint toutes les lumières et je suis ensuite allée au lit. Mes chats m'ont rejointe comme d'habitude, leurs ronronnements me réconfortant comme toujours.

En regardant le plafond de ma chambre à coucher, j'imaginais toutes les tâches que je devais faire pour Sam, elles ne seraient certainement pas faciles. Alors que je n'étais pas un type de personne très motivée par l'argent, cet argent m'aiderait certainement à faire beaucoup de bonnes choses.

La révélation partagée

Je suis arrivée à l'aéroport aux environs de 13 h 30, attendant Colin à la porte de l'arrivée d'Air Canada. J'espérais le reconnaître, qu'il n'ait pas trop changé et qu'il me reconnaisse aussi.

Cinq années nous avaient éloignés et tant de choses avaient pu se produire, même si cela est considéré comme un temps court dans une vie.

Une demi-heure plus tard, je le vis se diriger vers moi. Il n'avait pas changé. Il était exactement comme le Colin que je m'imaginais.

Nous nous sommes longuement enlacés et il semblait très heureux de me voir. Quelle chance que j'avais qu'il ait répondu à mon invitation !

Il a chargé ses bagages dans ma Beetle et nous nous sommes dirigés vers ma maison à Boucherville. Je ne pouvais pas penser à tout autre endroit pour parler de ce testament. C'était une question d'avoir une conversation très privée et il était plus facile pour moi d'en discuter avec Colin, chez moi.

Dès notre arrivée, je lui ai offert un café et nous avons commencé à discuter de ce qui s'était passé dans nos vies depuis qu'il avait quitté Montréal pour Vancouver.

Colin s'y était établi, avait acheté un condo dans la partie ouest de la ville donnant sur le magnifique parc Stanley. Sa clinique était située dans une région très prospère de la ville.

Nous avons parlé de nos familles, de nos parents, de nos cliniques et de nos sites Web, montrant les photos de nos employés, etc.

Nous nous sommes amusés en échangeant nos expériences de vétérinaires, combien notre profession était exigeante et enrichissante. Je lui ai montré le reste de ma propriété en précisant que je vivais seule. Il n'a pas démontré ouvertement qu'il avait porté une attention particulière à ce que je venais de lui dire.

Ensuite, nous avons préparé notre dîner ensemble. Et alors qu'il jouissait de la dernière gorgée de vin rouge, j'ai nettoyé la table.

Ensuite, je suis allée à ma chambre pour aller chercher mon coffret de cuir. Je l'ai mis sur la table et lui ai dit de l'ouvrir.

Il prit l'enveloppe, il m'a donné un regard sceptique en constatant qu'il y avait un sceau de cire sur l'enveloppe.

Il a alors sorti le testament, le déplia et commença à lire.

Je pourrais dire que de la façon dont il le lisait, il devenait aussi surpris que moi quand je l'ai lu.

En déposant le testament sur la table, il s'est vraiment rendu compte que c'était vrai.

Je ne l'ai pas interrompu pendant qu'il lisait, j'attendais patiemment ses commentaires.

— Je comprends maintenant pourquoi tu étais si agitée au téléphone. J'aurais réagi de la même façon, je n'ai aucun doute là-dessus. Je suis bouche bée !

Nous étions tous les deux perplexes de cette proposition, qui était loin de l'ordinaire.

— Qu'est-ce que tu comptes faire ?

— C'est pourquoi je voulais que tu viennes. C'est une proposition très excitante, mais laisser tout derrière moi et partir dans cette aventure, c'est... Je ne sais pas quoi faire avec cela. Qu'en penses-tu ?

— Regardons tout le site afin que nous sachions exactement ce que cela implique.

On a passé des heures à tout lire jusqu'au petit matin et puisque nous commencions à sentir la fatigue, nous avons décidé d'avoir un peu de repos.

— Ça ne te dérange pas si mes chats te rendent une visite ? Il arrive parfois qu'ils se faufilent pour voir qui est là. Tu sais que les chats sont très curieux par nature.

— Non, pas du tout, je t'assure. Je vais dormir sans problème.

46

Bonne nuit !

Plus tard, alors que Colin était endormi, mes chats sont allés lui rendre une visite comme je m'y attendais. Ils étaient très curieux à son sujet. Ils ont sauté sur son lit et se sont assis à côté de lui. Ensuite, le ronronnement a commencé. Il ne s'est pas réveillé. Ils sont ensuite revenus dans ma chambre.

Une décision doit se prendre

Le lendemain, je me suis levée très tôt, pour siroter mon café et lisant mes courriels. Tout le monde au bureau a répondu, me disant qu'il n'y aurait pas de problèmes pour s'occuper des affaires de ma clinique pendant mes vacances. Je savais que je pouvais compter sur eux.

Colin est ensuite apparu dans le couloir à moitié endormi. Il est venu à la table, a souri avec un bonjour chaleureux. Nous avons ensuite dégusté notre petit déjeuner.

Une décision devait se prendre, je devais revenir à M. Mike Karce pour lui donner ma décision d'ici la fin de la semaine. Je m'attendais que Colin me conseille sur ce qu'il fallait que je fasse.

Étonnamment, il m'a indiqué qu'il voulait rester en dehors de la décision. Il m'a dit qu'il ne voulait pas que je le perçoive comme quelqu'un qui voudrait s'impliquer personnellement dans ce que Sam Wilcox me demandait de faire, afin de réclamer quelque chose à la fin, en raison de sa participation.

Il n'était pas à l'aise avec cela, et m'a dit que je devais être la seule à prendre la décision. Il serait toujours là pour moi si j'avais besoin de lui, mais il préférait voir que l'ultime décision soit cent pour cent la mienne.

Cela me semblait raisonnable. Le connaissant, je savais qu'il n'était pas le genre de personne déloyale qui sauterait sur l'occasion de faire quelques dollars rapidement. Je le connaissais très bien. Peut-être que Colin pensait que je le testais. Comme ce n'était pas le cas, je lui étais reconnaissante pour son honnêteté.

Nous en avons discuté pendant presque deux jours. Comment est-ce que je pourrais réussir à faire tout ça ? Plus nous en parlions, et plus cela m'apparaissait possible d'acquiescer.

Ce ne serait pas facile, mais j'ai réalisé que je pouvais prendre les bons moyens pour que ça fonctionne. Je savais que j'avais le caractère pour répondre à des demandes très exigeantes.

Je n'avais pas fait de choses similaires dans ma vie. Mais je savais que je pouvais tenir ma parole une fois donnée, et je la garderais pour Sam Wilcox. Il avait toujours été là quand il fallait me tirer des ennuis.

J'ai annoncé à Colin qu'après en avoir discuté si profondément avec lui, j'étais finalement prête à donner ma décision à M. Karce. J'allais accepté de le faire.

J'ai attendu de faire mon appel à M. Karce jusqu'au vendredi matin. Je lui ai dit que je voulais le voir dès que possible. Il avait de la place pour moi en début d'après-midi le même jour, et le rendez-vous était conclu. Colin a accepté de venir avec moi.

M. Karce m'a accueillie et je lui ai présenté Colin. Il m'a invitée à m'asseoir pendant qu'il disait à Colin d'aller s'asseoir dans le hall à l'extérieur de son bureau, pour m'y attendre.

J'ai regardé Colin quitter le bureau. M. Karce a expliqué qu'il s'agissait d'une question très personnelle. Et tandis qu'il pouvait être mon petit ami, il n'était pas officiellement mon mari ou mon conjoint légitime. Et ce sont les procédures standards à prendre dans ce cas. Il s'assit à son bureau et me regarda, attendant la réponse.

– M. Karce, après avoir regardé toutes les informations, j'ai décidé d'accepter les conditions du testament de M. Sam Wilcox. Je voudrais savoir ce que je dois faire afin de procéder.

– Eh bien ! Mlle Thompson, tout est prêt pour vous.

Puis il se leva et se dirigea vers un office adjoint au sien, où il avait probablement gardé en toute sécurité tous les documents de Sam Wilcox. Il revint quelques minutes plus tard, en me tendant une enveloppe adressée à mon nom, contenant les cartes de crédit, les informations de comptes bancaires, un carnet de chèques, les mandats, les clés de l'édifice de la Fondation avec tous les documents juridiques me donnant le droit de la propriété, etc.

Tout était à mon nom. M. Karce m'a dit que c'était tout ce qu'il

50

avait pour moi en ce moment. Et dès le moment où j'aurais besoin de plus d'argent, je pouvais le contacter et qu'il traiterait ma demande. Il ferait en sorte que les cartes et comptes bancaires seraient pourvus sans échéance.

Il me tendit l'urne qui contenait les cendres de Sam Wilcox. Il me regarda avec un sourire que j'ai trouvé embarrassant. Je n'avais jamais remarqué ce sourire auparavant.

C'était aussi simple que cela, il n'y a pas eu de gestes cérémoniels ni rien d'ajouté à cette remise de l'argent, juste un simple commentaire que pour obtenir l'argent de Sam, j'avais l'obligation de répondre à toutes ses demandes.

Et si j'avais dit non à cela ? Pourquoi a-t-il supposé que j'allais dire oui ?

Tout était prêt pour moi, à peine une semaine après notre première rencontre. J'étais étonnée de découvrir que tout était déjà réglé et prêt pour moi.

J'ai quitté son bureau, le remerciant pour le temps qu'il m'avait accordé. Et je lui dis que je resterais régulièrement en contact avec lui pour le tenir au courant de l'évolution de mes tâches.

M'accompagnant en dehors de son bureau, nous nous sommes serré la main et avons quitté son bureau.
Colin haussa les sourcils quand je lui ai dit ce qui était dans l'enveloppe. Il avait les mêmes questions. Comment pouvait-il savoir que tu lui donnerais une réponse positive ?

51

La nouvelle Fondation

Nous avons décidé de nous rendre dans le Vieux Montréal pour visiter l'édifice de la nouvelle Fondation.

L'extérieur était recouvert de granite de haute qualité et d'un très beau logo intitulé : La Fondation pour le secours des chats et des chiens.

Il était énorme, beaucoup plus grand que ma clinique à Boucherville. J'ai pris les clés dans mon enveloppe et ouvert la porte.

La réception était très belle, avec plusieurs photos de chats et de chiens. Le mur du fond était fait de briques. Plusieurs brochures et magazines de couleurs sur papier glacé détaillant le but de la Fondation et ses services, étaient présentés au comptoir et sur plusieurs tablettes pour le public.

Tout était décrit comme si elle avait toujours existé. Un tapis avec le logo de la Fondation devant le comptoir de la réception. Dans la salle d'attente prédominait un très grand téléviseur au mur.

J'ai utilisé la télécommande pour allumer le téléviseur et je regardais ce qui était présenté. On annonçait et décrivait le but de la Fondation dans les deux langues : en français et anglais. Et on informait les téléspectateurs comment ils pouvaient positivement contribuer à arrêter la cruauté envers les animaux dans leurs quartiers.

Il y avait six bureaux avec ordinateurs et téléphones. J'ai vu qu'il y en avait un plus grand que les autres, mon nom était gravé sur une plaque d'or en tant que directeur de la Fondation, au-dessus de deux portes françaises. Le mobilier était en acajou. La fenêtre à l'arrière de mon bureau avait une vue magnifique sur le fleuve Saint-Laurent.

En regardant tout ça, nous avons réalisé que ce n'était pas parce que c'était une Fondation qu'il fallait avoir une apparence de pauvreté. C'est, je crois, le message que Sam Wilcox a voulu me laisser.

Je me suis assise à mon bureau et je me sentais comme si Sam était près de moi. J'ai vraiment senti une présence, je ne sais toujours pas comment l'expliquer, mais c'était ce que je ressentais. C'était un bon moment.

Nous sommes ensuite allés voir ce qui était à l'arrière de l'édifice. Un immense laboratoire entièrement équipé pour tous les tests nécessaires afin de pouvoir diagnostiquer n'importe quoi.

Il y avait quatre salles d'opération et de chirurgie, équipées de laser et d'équipement d'ultrason ainsi que des salles pour tous les autres soins possibles incluant les soins dentaires.

Plus loin, il nous est apparu un mur d'étagères de médicaments, tous étiquetés et classés incluant plusieurs types de vaccins. Il y avait plusieurs incubateurs, des accessoires de physiothérapie, examen de la vue et des testeurs de sang.

En tant que vétérinaire, c'était le plus bel endroit que j'avais vu de toute ma vie. Tout était là avec la technologie la plus récente.

Nous avons alors découvert une salle pleine de fournitures pour l'administration : des en-têtes de lettre de la Fondation, des stylos, des sacs de recyclage, des logos aimantés avec les coordonnées de la Fondation, des tapis à souris, des blocs-notes de rendez-vous, etc.

Tous les uniformes et chaussures nécessaires pour les techniciens, réceptionnistes, médecins et techniciens, de plusieurs tailles pour hommes et femmes, étaient tous soigneusement placés sur les étagères. Des gants et des masques chirurgicaux étaient dans des tiroirs identifiés.

Plus loin dans cette pièce, il y avait un mur de nourriture de grande qualité pour les chats et les chiens. Nous avons ensuite ouvert tous les tiroirs et les placards en acier inoxydable. Il y avait une surprise qui nous attendait dans chacun d'eux !

54

Je dois en discuter davantage

J'avais de la difficulté à imaginer comment Sam Wilcox avait pensé à tout ce dont un vétérinaire pouvait rêver avoir besoin. Cela dépassait mon imagination. Je peux dire que le coût de ce qui était dans cet édifice était amplement plus élevé que le total de toutes mes rémunérations depuis que j'ai ouvert ma clinique.

Ce bâtiment était plus qu'une Fondation, c'était une Fondation de rêve !

Nous nous sommes ensuite assis à la réception et nous n'avons pas échangé beaucoup de choses, nous nous sommes contentés de regarder en silence. J'ai levé mon bras et dit à Colin de me pincer.

– Aïe ! criais-je.

Nous avons ensuite éclaté de rire – c'était réel ! La Fondation était prête !

Nous avons regardé tout autour une fois de plus, et découvert de nouvelles choses que nous n'avions pas repérées plus tôt.

Nous avons réalisé l'énorme potentiel que cette Fondation nous offrait, et sur comment elle pourrait faire une grande différence. Il fallait trouver les ressources pour le personnel et en faire un succès.

– Qu'en dis-tu ?

– Tu es une dame très chanceuse. C'est vraiment quelque chose, je n'ai jamais entendu parler de quelqu'un de si généreux que cet inconnu. M. Wilcox t'a sûrement beaucoup admirée.

– Oui, je pourrais dire ça. Je ne sais toujours pas pourquoi, mais je dois avouer, comme tu me le dis, qu'il pensait vraiment beaucoup en bien de moi pour me donner cette Fondation.

J'ai décidé de quitter les lieux et j'ai invité Colin pour un déjeuner tardif au restaurant Gibbys dans le Vieux Montréal.

Nous nous sommes assis à une table, loin du bruit de la foule, afin de digérer ce que nous venions de voir. J'étais à la fois vraiment nerveuse et enthousiaste. Puisque j'avais donné ma parole, je ne pouvais pas m'en échapper, faire marche arrière ou changer d'avis.

Je n'étais pas ce genre de personne. J'avais donné ma parole que je ferais tout ce que Sam Wilcox me demandait de faire. Serais-je à la hauteur, je n'étais plus certaine.

– Te rappelles-tu de quelque chose de spécial sur le visage de M. Karce avant de quitter son bureau ?

– Pas vraiment, pourquoi ?

– Il avait ce sourire étrange quand il m'a donné les clés, l'enveloppe et l'urne.

– Pourquoi, qu'est-ce que tu penses de lui ?

– Bien qu'il m'ait donné une forte poignée de main, j'ai vu son visage et il ne semble pas être heureux de le faire. J'ai senti quelque chose d'étrange derrière ce sourire. Il n'avait pas l'air authentique.

– Si tu doutes qu'il ne soit pas aussi sincère qu'il prétend l'être, mon conseil est d'aller le voir et le confronter sur la question. Il est préférable pour toi d'y voir clair tout de suite. Tu ne peux rien perdre en le faisant.

– OK, je vais y penser. Maintenant, je dois prendre les mesures nécessaires pour commencer la Fondation. Je vais probablement avoir à mettre des annonces pour remplir tous les postes nécessaires à son fonctionnement. J'ai besoin de vétérinaires, de techniciens, de réceptionnistes.

Oh boy ! Colin, ça se passe pour le vrai !

Nous avons dégusté notre repas. Le vin rouge m'a donné une sensation de détente. Alors que j'étais très heureuse pour la Fondation, j'avais toujours en tête l'image du sourire de M. Karce qui me mettait dans une situation très inconfortable. Une discussion était maintenant nécessaire avec lui. Je voulais savoir pourquoi il avait réagi étrangement envers moi.

– OK, appelle-le !

– Quoi ? Maintenant ?

– Oui, il t'a dit que chaque fois que tu avais besoin de communiquer avec lui, qu'il serait disposé à le faire, tu t'en souviens ?

– Oui, mais...

– Pas de mais Alex. Contacte-le et clarifie la situation et défais-toi de cette question une fois pour toutes.

– OK.

J'ai composé son numéro sur mon portable et j'ai attendu une réponse. Il était sept heures du soir, et je n'étais pas certaine qu'il répondrait.

– Mike Karce.

– M. Karce, c'est Alexandra Thompson.

– Oui mademoiselle, que puis-je faire pour vous ?

– Je tiens à vous rencontrer ce soir si cela ne vous dérange pas.

– Pourquoi ? Est-il arrivé quelque chose ?

– Non, bien au contraire. Nous sommes allés à la Fondation, tout est magnifique !

– Je suis heureux que vous l'aimiez. Sam a toujours eu du goût pour tout ce qu'il a aimé dans sa vie. Vous êtes la personne la plus privilégiée de toutes les personnes qu'il connaissait.

Je serai au bureau en une demi-heure, cela vous convient ?

– Très bien, j'y serai.

Alors que j'ai raccroché, cette conversation me semblait très ordinaire. Il n'y avait aucune hésitation de sa part. Il m'a répondu tout de suite. Et lorsque j'ai analysé sa réponse, j'ai senti que ce ne serait pas facile pour moi de communiquer avec aisance à propos de ce que j'avais ressenti en sa présence.

Nous avons quitté le resto et sommes partis pour la firme Wilcox & Associés.

Au bureau de M. Karce

Nous sommes arrivés au bureau et M. Karce était là à nous attendre. Nous nous sommes serrés la main tout en le remerciant d'avoir accepté de me voir à cette heure si tardive.

Comme Colin et moi nous sommes assis devant son bureau, il a demandé à Colin de quitter son bureau et de m'attendre dans le hall, étant la procédure normale dans cette circonstance, car c'était une conversation qui se devait d'être très privée.

Colin m'a jeté un regard de frustration, mais je l'ai rassuré puisque de toute façon, notre rencontre allait être courte.

Colin a fermé la porte derrière moi, me laissant seule en présence d'un homme qui me jetait un regard plein de curiosité.

— M. Karce, je voulais discuter avec vous au sujet de notre dernière rencontre. Y a-t-il quelque chose que vous ne m'avez pas dit et que je dois savoir avant de commencer quoi que ce soit ?

— Eh bien, pouvez-vous être plus précise Mlle Thompson ? Je ne suis pas sûr de ce que vous entendez par cela.

— Je ne pense pas avoir en ma possession tout ce que je devrais savoir à propos de ce que M. Sam Wilcox vous a dit. Ai-je tort ?

— Hum... Que voulez-vous savoir ?

— Vous êtes le seul qui pouvez me le dire M. Karce. Je sens qu'il y a quelque chose que vous me cachez.

– Les informations que je vous ai données sont tout ce dont vous avez besoin pour procéder à ce point. Il y a autre chose dans le testament qui vous sera révélé plus tard suivant le progrès de vos tâches. Cette information sera disponible au besoin. Je ne peux pas vous en dire davantage pour le moment.

C'est ce que M. Wilcox m'a demandé de faire. Bien que cela ne réponde pas à toutes vos questions, soyez assurée que les autres informations deviendront disponibles en temps et lieu.

Il semblait être satisfait de sa réponse. Et même si j'avais encore des doutes à propos de lui, je l'ai remercié et terminé la conversation.

J'ai alors quitté le bureau avec Colin et nous sommes rentrés chez moi.

Est-ce que tu peux tout laisser tomber ?

En arrivant à la maison, mes deux chats étaient plus qu'heureux de me voir. Ils dramatisaient leur faim, comme toujours, pour attirer l'attention, leurs bols encore remplis de nourriture et d'eau. Mais pour répondre à leur petit drame, je les truquais en mettant un peu plus de nourriture et d'eau.

Tout est ensuite revenu au calme. Colin a joué avec eux pendant que je préparais un consommé de tomate avec de la sauce Worcestershire que j'avais l'habitude de préparer dans le passé, lorsque nous avions à discuter de choses sérieuses. La dernière rencontre avec M. Karce faisait certainement partie de cette catégorie.

— La conversation n'a pas duré longtemps, est-ce que tu as obtenu ce à quoi tu t'attendais ?

— Non, je ne l'ai pas eu, mais je pense que pour l'instant, c'est tout ce que je vais faire. Quelque chose que je dois te dire : c'est que je ne pense pas être capable de tout faire seule.

À ce point, je ne me sens pas à l'aise de tout faire, notamment avec les réserves que j'ai au sujet de M. Karce.

Je vais être franche avec toi. Serait-il possible que tu mettes tout de côté et d'être avec moi jusqu'à l'obtention de la récompense ? Lorsque j'aurai terminé toutes ces tâches et reçu le legs, je voudrais le partager avec toi pour m'assister et m'aider.

Cela pourrait compenser les inconvénients que cela peut te créer. Honnêtement, je te vois comme la seule personne sur cette planète à qui je peux faire confiance.

— Quand tu m'as dit au téléphone que tout cela était réel, j'ai trouvé cela très excitant. Un Indiana Jones moderne ou peut-être une aventure 007 ! Et avec cet argent, il y a beaucoup de bonnes choses que je peux faire de retour à Vancouver : élargir ma clinique et peut-être la construction d'un hôpital vétérinaire.

— Si je comprends bien ce que tu me dis, nous faisons tout ce que M. Sam Wilcox veut, et on partage, non ?

J'attendais la réponse... après quelques secondes de silence...

— OK, je suis d'accord ! Je n'ai rien qui m'attache à Vancouver, je peux prendre autant de temps nécessaire. Je ne t'ai jamais oubliée, tu sais. Ces années où nous étions ensemble ont été si formidables.

Je pense que je peux gérer d'être à nouveau avec toi, ce sera peut-être notre test pour savoir si nous pouvons encore être ensemble.

Lorsque tu m'as appelé, quand j'ai entendu ta voix que je n'avais pas entendue depuis si longtemps, je voulais courir à l'aéroport pour te chercher !

Je n'ai pas osé lui demander depuis son arrivée s'il avait quelqu'un dans sa vie. Il ne m'a pas demandé non plus si j'avais quelqu'un. Peut-être que ma déclaration de l'autre jour était assez claire... Je suppose que nous étions faits pour être de nouveau ensemble, au moins pendant un certain temps.

Je devais prendre une gorgée de mon consommé et cacher mon visage avec ma grosse tasse Tim Horton rouge et blanche. Elle était assez grande pour me cacher une bonne partie du visage, qui était sur le point de crier que je l'aimais. Je ne pouvais pas demander un meilleur scénario qui nous remettrait ensemble ! Cette femme qui a répondu au téléphone quand je l'ai appelé était une fausse alerte !

Quand quelque chose me rend heureuse dans ma vie, je célèbre en mettant mon bras droit devant moi et en le ramenant contre mon corps et en même temps, je remonte mon genou vers mon coude et proclame un « Yes ! ». J'ai dû me contenir, c'était très difficile de me retenir !

— J'ai cependant une question, est-ce que M. Karce s'opposera

62

à ma participation ?

– Je peux gérer cela facilement. Il n'a pas à le savoir. Tout est fait en mon nom. Tout est déjà mis en place de cette façon.

Colin se leva de la chaise de la salle à manger et se dirigea vers moi.

– OK, c'est conclu ! Maintenant, pour célébrer, je t'invite pour un dîner très spécial et une bouteille de champagne très chère.

Je ne pouvais pas résister, nous étions tous les deux enlacés et nous sommes embrassés longuement... et sommes allés à ma chambre à coucher... Le dîner a été retardé jusqu'à beaucoup plus tard dans la soirée. J'étais de retour avec l'amour de ma vie.

Plus tard, pendant le dîner, Colin m'a avoué qu'il n'avait pas eu de relation avec une autre femme. Il ne le pouvait pas, qu'il me disait. J'étais toujours dans ses pensées. Et c'était réciproque.

Entreprendre la première tâche

Les jours suivants, comme nous avions convenu que c'était la marche à suivre, nous avons contacté nos cliniques. J'ai informé mon personnel que nous allions être absents pour un temps indéterminé.

Tout le monde était très surpris parmi nos employés et collègues, mais puisque nous leur avons dit que c'était pour des raisons personnelles, mais pas sérieuses, ç'a été bien reçu.

Nous avions tous deux soigneusement étudié la documentation que Sam m'avait fournie en ce qui concerne la première tâche et ses implications. Le détective privé que Sam avait embauché avait fait un travail assidu.

Il avait toutes les informations nécessaires pour soumettre le projet de loi qui ferait respecter les sanctions, découlant de la cruauté envers les animaux. La preuve était exceptionnelle, personne ne pouvait plus nier l'existence de cette cruauté.

Nous avons composé une lettre de présentation. Et pendant que les dernières pages imprimaient, j'ai fait démarrer ma Beetle à distance. Nous étions préparés sur notre façon de répondre à la députée de mon comté. Son bureau n'était pas loin de mon domicile.

Je savais que l'une des responsabilités d'un député était de réussir à obtenir des motions adoptées à l'unanimité par l'Assemblée nationale du Québec. Je n'avais pas à me rendre très convaincante puisque les documents parlaient d'eux-mêmes. Nous étions sûrs qu'elle serait d'accord pour les porter à l'attention de la législature pour adopter cette loi.

Son nom était Christine Tremblay. Elle était députée de ma région depuis plusieurs années et elle avait une grande réputation pour faire avancer les choses. Elle avait gagné mon vote à la dernière élection. J'étais certaine qu'après avoir lu toute ma documentation, elle ne serait pas insensible à ma demande.

Après quelques minutes d'attente à la réception, elle est apparue et je me suis présentée ainsi que Colin. Elle nous a accueillis et nous a invités à venir à son bureau. Elle a ensuite demandé ce qu'elle pouvait faire pour nous.

Sans hésitation, je lui ai remis tous les documents et lui ai dit que nous déposions une demande afin d'obtenir un projet de loi contre la cruauté envers les animaux, pour son adoption par l'Assemblée nationale. Et que pour cette raison, nous recherchions de l'aide.

Elle a immédiatement consulté les informations. Elle était grandement étonnée de la quantité de documents qu'elle avait pour être informée au sujet de cette demande.

Tout en lisant, elle fronçait les sourcils, l'information était assez impressionnante, l'enquêteur que Sam avait employé avait fait une recherche approfondie.

Ces découvertes résistaient à tous les défis puisque les données d'enquête étaient entièrement appuyées avec des preuves. Cet homme connaissait son affaire.

– Ce sujet me touche aussi. Premièrement, je vais devoir étudier cette documentation très soigneusement. Je peux dire qu'en parcourant ce document rapidement, qu'il y a eu énormément de travail pour rassembler tant d'information. Il faut que j'en fasse une étude très approfondie. Je vais certainement prendre le temps de le faire et vous revenir.

Je sais qu'il y a encore beaucoup d'usines à chiots dans la province. De meilleures lois doivent être mises en place. Je sais que vous avez un cas solide ici. Et puisque vous êtes tous les deux vétérinaires, je suis certaine que vous avez été témoins de beaucoup de ces situations déchirantes.

66

Avec votre accord, je vais alors procéder et formuler ce projet de loi avec les procédures relatives pour sa présentation.

Elle s'est levée, nous a remerciés et nous a remis sa carte de visite. Elle nous a assurés qu'elle nous contacterait d'ici une ou deux semaines. Nous l'avons remerciée de son temps et fait en sorte qu'elle ait tout ce qu'elle avait besoin.

Sam avait indiqué dans son testament que les arguments et les preuves étaient très bons et que cela ferait un dossier solide. J'étais persuadée qu'elle n'aurait pas besoin de quoi que ce soit d'additionnel pour la convaincre qu'elle devait présenter ce projet de loi pour approbation.

C'était juste une question de temps pour qu'il soit adopté officiellement. Nous étions tous les deux satisfaits de cette réunion et nous nous sommes croisé les doigts pour la réussite de notre première tâche.

Cela signifiait beaucoup pour nous, d'obtenir que ce projet de loi soit adopté. Beaucoup de vies d'animaux pouvaient être sauvées. Ce n'était plus une question de signature de pétition, nous allions tout faire pour que ce soit approuvé, peu importe les défis qui pouvaient se présenter.

L'inauguration de la Fondation

En attendant la réponse de ma députée, j'ai immédiatement pris des mesures pour ouvrir ma Fondation. Cela a exigé beaucoup de travail, car je devais littéralement commencer à zéro.

Cela signifiait beaucoup d'entrevues d'embauche, l'implication de nombreux bénévoles pour prendre soin de nos futurs patients, le marketing à faire pour promouvoir la Fondation.

Je n'ai pas combiné ma clinique et la Fondation. Je les tenais en deux entités distinctes. Après un mois d'entrevues, nous avions une équipe de personnel très qualifié.

J'ai embauché trois vétérinaires très compétents et deux techniciens. Après plusieurs annonces sur mon site et mes blogues, vingt-cinq bénévoles de tous les âges se sont joints à ma Fondation. Ils étaient principalement mes admirateurs dédiés à la cause et aux discussions de mon blogue.

Donc, j'avais tout mis en place pour son inauguration, y compris une réceptionniste à temps plein, les promeneurs de chiens, un acheteur pour la médecine, l'équipement, la nourriture, etc. Des gens pour me fournir l'assistance nécessaire pour nourrir tous les animaux, pour leur donner le bain, leur faire une toilette, maintenir la stérilisation de toutes les cages et pour former une équipe de sauveteurs.

Ils savaient déjà où je m'identifiais sur le traitement équitable des animaux, et nous étions tous très heureux que j'aie ma propre Fondation établie. La réponse a été incroyable. Plus on parlait de ma Fondation, plus je recevais d'encouragement.

Les dons et aliments versaient à profusion. Si peu savaient-ils que j'étais la destinataire du plus grand don qui soit, celui d'une Fondation qui m'a été donnée par Sam Wilcox.

Tout a commencé à aller de l'avant, la promotion sortit pour la grande inauguration de la Fondation. J'avais décidé à l'époque d'attendre au moins trois mois. Juste pour nous assurer que nous étions sur un terrain solide et que nous possédions les statistiques qui appuyaient ce que nous avancions au sujet des buts de la Fondation. Que l'on possédait des preuves certaines avec des intentions véritables de secourir les animaux.

Des centaines de personnes sont venues pour voir ce que nous avions à offrir. La réponse a été exceptionnelle.

Nous étions très heureux. Sam Wilcox ne cessait jamais de me surprendre, même après sa mort.

M. Karce s'est présenté car il avait été invité. Il voulait voir ce que j'avais accompli. Il devait être tenu informé, comme convenu selon le testament de Sam.

Le réceptionniste m'a fait demander, et je voyais que M. Karce était là à regarder tout autour de lui, à la réception. Je l'ai accueilli et lui ai fait la visite de la place. Je pouvais dire par son regard qu'il était impressionné de voir l'endroit bourdonnant d'activité par les gens qui entraient et sortaient de la Fondation.

Alors qu'il y avait beaucoup de journalistes et une équipe de télévision en train de filmer et interviewer les employés et les bénévoles, le travail ne s'était jamais arrêté. Et des animaux continuaient à arriver à la Fondation par une nuit très froide, grâce à l'équipe de sauvetage.

Il n'y avait pas de délais pour en prendre soin. Le personnel, sans hésitation, s'excusait auprès des médias puisqu'il devait interrompre leurs interviews pour répondre immédiatement aux besoins des nouveaux arrivés. C'était un endroit très occupé. L'inauguration de la Fondation n'était pas une excuse pour ne pas le faire.

Après la visite des lieux, je l'ai invité à venir à mon bureau pour discuter de la réalisation. Colin était avec moi et il n'a pu lui indiquer

70

qu'il devrait quitter mon bureau.

M. Karce ne savait pas encore que j'avais obtenu l'accord de Colin pour qu'il reste avec moi tout au long de cette affaire. Mais, à mon avis, M. Karce n'avait pas besoin de le savoir. C'était mon affaire.

En s'assoyant à mon bureau, il m'a mentionné qu'il reconnaissait que j'avais vraiment dépassé ce qu'il espérait voir.

Il me tendit le document officiel pour ma signature avec sa plume Mont-Blanc qu'il a laissé tomber par mégarde sur le plancher. Il se pencha pour la prendre. J'ai alors constaté que ses doigts étaient couverts de l'encre bleue. Il s'est excusé pour sa maladresse. Je lui ai tendu des tissus et utilisé un de mes stylos pour signer le document.

— Eh bien ! Mlle Thompson, je vois que vous n'avez pas perdu de temps à faire démarrer les choses. Sam serait très fier de voir ce que vous avez accompli à ce jour.

— Cela a demandé beaucoup de travail, mais je suis très heureuse des résultats. Y a-t-il autre chose qui vous amène à la Fondation aujourd'hui ?

— Je suis venu pour en savoir davantage dans l'exécution des autres tâches que Sam vous avait demandé de remplir. Je dois dire que Sam ne serait pas déçu. Le lieu parle de lui-même. Je pense qu'il avait raison de vous avoir choisi pour y parvenir. Comment allez-vous sur la première tâche ?

— J'ai rencontré ma députée la semaine dernière et elle a reçu tous les documents. À l'heure actuelle, elle en fait l'étude. Je m'attends à avoir de ses nouvelles d'ici deux semaines.

— Eh bien, Mlle Thompson, je suis très impressionné. Vous faites un excellent travail. Je crois que votre voyage au Japon ne tardera pas très longtemps.

— Je vous remercie pour le compliment.

Il m'a donné de nouveau ce sourire que je n'oublierai jamais. Nous nous sommes serré la main et il a quitté les lieux.

Je suis retournée à la cérémonie de l'inauguration. Quelle belle journée ce fut ! J'étais très fière de Colin et de moi-même pour cette première réussite !

Au bureau de ma députée

Une semaine après l'inauguration officielle de la Fondation, j'ai reçu l'appel provenant de la secrétaire de ma députée, Mme Christine Tremblay. Elle m'a dit que Mme Tremblay était prête à me renseigner sur le projet de loi que je lui avais présenté.

Comme j'étais à ma clinique à Boucherville, je me suis rendue à son bureau en un rien de temps, désireuse d'obtenir le résultat et la conclusion sur son étude. Et ce que j'espérais en fin de compte, c'était qu'il soit soumis pour être approuvé.

Mon cœur battait très vite. Je savais que ce projet de loi serait la réponse définitive à tous les efforts consacrés à cette cause pendant nombre d'années. Que c'était la reconnaissance finale et tant attendue de ce que j'avais fait depuis le début, et que c'était pour une juste cause.

Je pourrais dire qu'elle était heureuse de me voir et m'a informée de la situation. Une première lecture avait été introduite à l'Assemblée législative, le projet de loi devait être lu et immédiatement affecté à un comité.

L'examen par le comité devait se produire entre la deuxième et troisième lecture. Elle m'a aussi souligné que le projet de loi pouvait être battu en première lecture si personne d'autre, autre que le membre introduisant le projet, ne l'appuyait. C'était là où c'en était pour le moment.

Puis elle m'a informée de la deuxième lecture. C'était l'état du processus législatif où un projet de loi devait être lu une deuxième fois. Ensuite, un vote devait être pris sur les grandes lignes du projet de loi avant d'être envoyé au comité.

Si la majorité du Parlement acceptait, le projet de loi pouvait être considéré article par article, ce qui signifiait un gain de temps considérable. Parce que la plupart des projets de loi devaient obtenir le soutien de la majorité pour passer une deuxième lecture, il était très rare pour un projet de loi, d'être étudié article par article.

La troisième lecture était la phase de processus législatif dans lequel un projet de loi, avec tous les amendements, était lu et finalement approuvé par l'Assemblée législative. La troisième lecture devait se produire après que le projet de loi soit modifié par le comité et pris en considération pour la présentation finale.

Habituellement, le projet de loi revient ensuite de la troisième lecture. Il est ensuite envoyé à la législature pour lancer le processus, à nouveau en première lecture. Une fois que celui-ci passe en troisième lecture, il est envoyé pour promulgation. Cette étape supplémentaire est nécessaire avant que la loi puisse entrer en vigueur.

Je pouvais dire qu'elle n'avait pas perdu de temps. Elle avait vraiment pris le temps de m'expliquer en termes simples et je lui en étais très reconnaissante. Je savais que le processus prendrait un certain temps, mais j'étais heureuse de voir les progrès réalisés.

Elle m'a assuré que c'était un sujet brûlant dans l'actualité et que beaucoup de membres du parlement et de son parti souhaitaient que ce projet de loi soit adopté rapidement.

Elle ne pouvait pas me dire à ce stade combien de temps cela prendrait, mais elle s'était consacrée à prendre toutes les mesures qu'elle avait en sa possession pour réussir.

La deuxième lecture devait avoir lieu sous peu et elle m'a assurée qu'elle participait à chaque étape.

Je l'ai remerciée pour son dévouement à la cause et quitté son bureau. C'était très encourageant d'entendre ce qui avait été fait jusqu'à présent.

Lucie continue d'écrire

Voulez-vous prendre une pause Lucie ?

– Non, s'il vous plaît, Mlle Thompson, continuez. Votre histoire est en effet très intéressante. Je suis collée à mon portable et j'écris tout en un rien de temps. Je vous suis.

– Eh bien, je vais continuer.

– Hum... Où en étais-je ?

– Vous êtes juste sortie du bureau de votre députée en ayant obtenu les dernières nouvelles au sujet de votre projet de loi.

– Bon, oui, oui. Je me souviens.

Le temps avait passé, j'étais très occupée à ma clinique et au fonctionnement de la Fondation. Colin me donnait un coup de main dans tout et nous étions contents de notre vie ensemble.

Ma députée m'a informée deux semaines plus tard que la deuxième lecture avait été tenue et qu'elle était intéressée à ce que je me présente devant la commission pour influencer positivement le comité, sur la nécessité que ce projet de loi soit approuvé.

Elle m'a dit que ce type d'impact était nécessaire pour convaincre tous les membres. Et que ce serait un grand atout pour appuyer la cause derrière ce projet de loi. Elle a estimé que la pression s'ajouterait à l'urgence de le faire adopter.

J'ai été surprise au premier abord. Est-ce que cela signifiait que l'adoption du projet de loi avait été ralentie parce que certains des membres du comité n'étaient pas tous à bord ? J'ai hésité un peu, juste à la pensée que j'étais loin de mes journées de protestations où mes discours étaient tous préparés par un de mes amis. Il était un maître dans la composition de discours en un rien de temps. Mais puisque c'était nécessaire, j'ai accepté de faire ma présentation.

Ma présentation devait avoir lieu dans une semaine et elle m'a conseillé de bien me préparer. Elle m'a avoué que certains membres du comité ont indirectement indiqué vouloir prendre un certain recul dans le processus.

Y avait-il des personnes qui avaient un intérêt à ce que ce soit arrêté ? Y avait-il certains de ces membres qui avaient une connexion étroite et personnelle avec ces entreprises multinationales ? Je sentais que c'était probablement le cas. Je ne pouvais pas imaginer que quelqu'un, sans avoir de telles relations influentes, puisse s'opposer à ce projet de loi.

Je devais me préparer. Alors, j'ai décidé de relire tous les documents sur le site de Sam avant le dépôt de mes documents de présentation à ma députée. Colin était là pour m'aider à ma présentation. C'était devenu notre priorité, il fallait que ma présentation soit parfaite. En peu de temps, tout a été envoyé à ma députée.

Je suis retournée à mon travail et à la supervision de la Fondation. J'ai reçu beaucoup d'encouragement de la part de mes collègues et employés. Ils étaient heureux de me soutenir, comprenant combien il était vital que l'adoption de ce projet de loi se fasse.

J'ai ensuite travaillé avec Colin et méticuleusement étudié toutes les informations que Sam m'avait fournies. Je suis toujours demeurée admiratrice devant la quantité de travail qu'il avait fait, et le temps qu'il avait consacré pour ce cas. La preuve de cruauté envers les animaux, soutenue par des statistiques, ne pouvait laisser personne indifférent.

Même si nous ne nous connaissions pas vraiment, même après toutes ces années qui se sont écoulées depuis ma dernière arrestation avec sa constante assistance à me sortir du pétrin, Sam et moi partagions les mêmes opinions. Il était plus que dévoué à la cause. Il faudrait quelqu'un de vraiment cruel et insensible pour dire non à ce projet de loi.

Finalement, en une semaine, j'étais prête. Colin m'a soutenue et aidée dans la rédaction de mon discours. Il y avait beaucoup de choses à couvrir, mais comme il m'a fait remarquer, je ne pouvais pas tout couvrir. Ce qui était important était la manière de le présenter, en étant concis, mais direct.

J'ai contacté Mme Tremblay quand j'ai été prête et l'ai informée que Colin venait avec moi. Elle m'a dit qu'il n'y avait pas de problème, qu'une carte de visiteur serait préparée pour lui.

Puis le jour est arrivé. J'avais bon espoir que notre discours serait très influent, ce que Mme Tremblay s'attendait de voir, avec ce que je lui avais envoyé.

Devant le Comité

Le lundi suivant, très tôt en matinée, nous sommes allés à Québec afin de rencontrer ma députée avant ma présentation. J'étais plus que prête pour le combat de ma vie.

J'ai eu cette opportunité de faire que ce projet de loi soit adopté principalement en raison de la recherche et des résultats obtenus par Sam. Je ne pouvais décevoir personne en la mémoire de tous ces animaux qui ont terriblement souffert et qui sont morts de ces traitements cruels et inutiles.

Nous sommes arrivés à l'édifice du Parlement de Québec tôt le matin. Nous nous sommes présentés à la sécurité parlementaire telle que Mme Tremblay nous l'avait mentionné, pour obtenir une carte de visiteurs.

Un garde de sécurité a traité notre demande avec les informations fournies par la secrétaire de ma députée pour notre identification. Et nous avons été approuvés pour entrer dans le Parlement.

Nous avons été autorisés à garer ma Beetle dans l'une des places de stationnement derrière l'édifice sous les yeux attentifs de la sécurité. Quand ce fut fait, j'ai appelé Mme Tremblay sur mon portable et elle a dit qu'elle venait dans notre direction et nous attendrait à l'entrée. Nous avons ensuite marché vers l'avant de l'édifice.

J'ai fait un commentaire à Colin que je n'avais jamais été dans cet édifice si prestigieux. Il avait toujours semblé impressionnant pour moi en images, avec sa façade avec vingt-deux statues des grandes figures de l'histoire de la province.

Nous n'avons pas reconnu toutes les statues de ces hommes excepté René Lévesque, mais tout en nous déplaçant dans les escaliers, nous avons continué d'essayer de deviner qui ils étaient.

Je dois avouer que nous n'étions pas très bons pour les identifier. Mais comme nous avancions vers l'entrée du Parlement, nous lisions leurs noms et on se demandait ce qu'ils avaient réalisé pour la province.

J'ai raconté à Colin que l'une de mes tantes qui vivaient à Québec m'avait dit, quand j'étais jeune, que certains des fantômes de ces hommes flottaient dans certaines salles du Parlement. Je ne croyais pas beaucoup à ces légendes urbaines, mais je lui disais que ça pouvait être vrai.

Nous sommes arrivés à l'entrée, les immenses portes étaient si intimidantes. Mme Tremblay était là, toute souriante, nous accueillant très cordialement.

Nous l'avons suivie dans une grande salle qui exposait autant de peintures de dignitaires parlementaires. Je fis un clin d'œil à Colin en lui disant bonne chance pour deviner qui ils étaient.

Nous sommes entrés dans son bureau et elle m'a demandé comment je me sentais à propos de mon discours. Je lui ai dit que je me sentais bien, j'étais prête.

Un discours convaincant

Elle m'a dit que le comité serait prêt à me rencontrer dans une demi-heure. La réunion à laquelle elle avait participé s'était terminée un peu plus tôt que prévu. J'ai accepté sans hésitation puisqu'une demi-heure ne faisait aucune différence pour moi.

Reconnaissante de voir que tout était bien, elle nous a invités dans la salle où j'allais rencontrer les gens du comité et faire ma présentation.

C'était une grande salle. Elle me paraissait comme un tribunal avec les chaises et bureaux placés pour un procureur et une défense, avec les témoins, jury, etc. Je n'avais jamais imaginé que la disposition des meubles et où je devais me tenir pour ma présentation se ferait de cette façon.

Un très grand avantage pourtant, était que je pouvais voir chacun des visages des membres du comité. Cela m'a encouragée puisque je ne pouvais pas manquer les indicateurs conduisant à une perte d'intérêt. J'en connaissais suffisamment sur la façon de lire les visages, et c'était essentiel pour réussir.

Elle m'a invitée à prendre le siège central afin de me préparer. Des tests aléatoires sur l'électronique et le branchement de mon ordinateur portable se déroulaient pendant que je lisais mon discours une fois de plus. C'était probablement la centième fois.

J'ai entendu un bruit de pas sur le plancher de bois qui se faisait de plus en plus bruyant. C'était les membres du comité qui arrivaient, Mme Tremblay les accompagnait. Ils se sont présentés individuellement et ont ensuite pris leurs sièges.

En face de chacun d'eux, se trouvait un exemplaire du projet de loi que Mme Tremblay avait placé, un rappel de l'objet de la réunion. Elle m'a ensuite présentée et a informé les membres du comité sur l'origine de la proposition de ce projet de loi.

– Bonjour membres du comité, je vous remercie de votre présence aujourd'hui. Ce projet de loi sur la cruauté envers les animaux doit être adopté à l'unanimité par le comité. Il est essentiel que ce soit fait.

Vous avez reçu toutes les informations écrites nécessaires à propos de ce projet de loi. Étant donné que certains membres au sein du comité ont décidé qu'il n'était pas nécessaire de l'adopter, j'ai le grand plaisir d'avoir avec nous aujourd'hui, à l'origine de ce projet de loi, Mlle Alexandra Thompson qui désire vous donner plus d'informations sur les raisons pour lesquelles ce projet de loi est essentiel et nécessaire.

« Je vous remercie beaucoup Mme Tremblay et je vous donne mes sincères remerciements à vous tous de m'avoir permis de faire cette présentation. D'abord, je dois dire que ce n'est pas la première fois que j'ai commenté ou protesté contre la cruauté animale. J'ai consacré de nombreuses années à cette cause.

Certains d'entre vous me reconnaîtront puisqu'au début des années 2000, je faisais partie d'un groupe qui a organisé plusieurs manifestations avec diligence à Montréal et a exposé les faits que je m'apprête à vous montrer.

Chaque jour, non seulement dans cette province, mais partout dans le monde, les animaux se battent pour leur vie.

Ces informations sont en tout temps disponibles en ligne. Vous avez juste à taper la cruauté envers les animaux et vous obtiendrez une panoplie d'images dégoûtantes et de vidéos de ces traitements administrés quotidiennement aux chats et chiens, et à plusieurs autres animaux. Tout est là pour que vous les voyiez.

Si vous ne me croyez pas, voici quelques vidéos de la cruauté et des expériences qui se produisent à notre insu. Vous verrez de vous-même combien ils sont carrément inutiles. »

J'ai alors commencé la vidéo que j'avais préparée à partir de plusieurs clips que mes amis blogueurs m'avaient envoyés. Ils

82

pouvaient voir que ces événements étaient réels. Il n'y avait pas de fausseté dans ces vidéos. C'était la réalité de la situation.

Je leur ai montré des clips d'animaux enfermés dans des cages de stérilisation, dans les laboratoires à travers la province. Des clips de propriétés d'élevage de chiots qui font toujours affaire avec ces entreprises de cosmétiques pharmaceutiques multinationales, etc.

Ensuite, je leur ai montré des clips d'électrocution, d'étranglement, comment ils sont frappés et intoxiqués, brûlés, mutilés et tués. Je dois dire que c'était très cru et il n'y avait pas de trucs d'amélioration, style Hollywood.

Ils pouvaient entendre les cris des animaux et ce que les gens qui les maltraitaient disaient. Alors que c'était très cruel et difficile de regarder, je me devais de faire en sorte que mon message soit compris.

Tout en observant les membres du comité qui regardaient le visionnement de ces clips vidéo, je peux dire que par leurs mouvements faciaux, qu'ils devenaient de plus en plus mal à l'aise de les regarder. Ils faisaient face à la réalité. Ce n'était plus le cas de sensationnalisme et d'exagération des médias quand je défendais ma cause à plein temps.

Lorsque le visionnement s'est terminé, j'ai fermé mon portable et je les ai regardés un par un silencieusement. C'était un moment très intéressant puisqu'ils avaient tous la tête penchée à regarder le manuscrit du projet de loi qui était en face d'eux. Je pouvais lire sur leur visage une mixture de colère et de tristesse.

Je me suis levée et leur ai dit :

« Tout ce que vous venez d'observer est « au nom de la science » ou pour que les femmes aient une apparence « plus jeunes et plus belles ».

Nous avons besoin de prendre des mesures efficaces pour abolir ce traitement inutile et cruel de ces animaux. Je me suis battue seule pendant longtemps, vous êtes en position de faire que ce projet de loi soit adopté.

Ces animaux ne sont pas des meubles comme la loi le dit actuellement. Ils ont des émotions et ils peuvent ressentir la douleur. Beaucoup de gens vous seront toujours redevables. Ces animaux ne peuvent pas se défendre ou parler pour eux-mêmes. Ils n'ont pas à souffrir comme ils le font. S'il vous plaît, faites la bonne chose. S'il vous plaît, approuvez ce projet de loi.

Je tiens à vous remercier d'avoir pris le temps d'entendre mon

83

témoignage et de connaître les raisons de l'importance d'approuver ce projet de loi.

Je ne crois pas sincèrement que l'un de vous voudrait garder ces événements sur sa conscience pour le reste de sa vie, sachant que vous auriez volontairement empêché que cette cruauté cesse une fois pour toutes. Merci ! »

Je me suis assise et j'ai attendu pour des questions.

Ensuite, Mme Tremblay a invité les membres à me questionner sur mon témoignage.

Je pense que l'effet créé est celui que je voulais qu'il se produise. J'attendais avec impatience les questions. Un véritable son de cloche pour chacun d'entre eux afin de sceller l'affaire, pour obtenir l'adoption à l'unanimité. J'étais très persuadée d'avoir livré la marchandise. Personne ne m'a demandé quoi que ce soit.

Ils étaient déjà au courant de la proposition du projet de loi puisqu'ils l'avaient passée à la première lecture. J'ai attendu quelques minutes de plus et l'on ne m'a rien demandé.

Mme Tremblay les a tous remerciés pour leur participation et leur a dit que la réunion était terminée.

Tout le monde m'a remercié pour ma présentation et ils m'ont tous affirmé, un par un, qu'ils allaient faire tout leur possible pour adopter ce projet de loi le plus tôt possible.

Alors que je mettais tous mes documents et mon ordinateur portable dans ma mallette, Mme Tremblay m'a souligné que c'était certainement un bon signe pour nous. Habituellement, il y avait toujours des débats et questions sans fin pour l'approbation des projets de loi. C'est un des rares cas où elle a observé que le comité s'engageait à faire passer le projet de loi.

Colin était très fier de moi et m'a dit qu'il avait également observé les membres du comité et qu'ils étaient tout à fait dégoûtés de ce qu'ils ont vu. Il m'a assuré que c'était ce qu'ils avaient besoin de voir pour les convaincre que c'était le temps de faire ce qui était juste.

Nous sommes ensuite allés au bureau de Mme Tremblay et elle était très heureuse de ma présentation et de la façon dont je l'avais fait. Elle était courte, mais elle les a fait réfléchir.

— Une image vaut mille mots, s'écria-t-elle.

Elle m'a assurée que le moment n'aurait pas pu être meilleur.

Elle était convaincue que ce ne serait pas une question de mois pour obtenir ce projet de loi. Elle m'a promis que dès qu'elle recevait les informations sur la deuxième lecture, qu'elle me le ferait savoir immédiatement.

C'était vraiment génial d'obtenir des commentaires si positifs. Elle avait pris toutes les mesures possibles pour que cette présentation voit finalement le jour. Je lui ai donné une de mes cartes de visite de la Fondation et l'ai invitée pour une visite. Elle m'a dit qu'elle serait plus qu'heureuse de venir.

Elle nous a accompagnés jusqu'à la sortie du Parlement.

Un incident peu commun à la Fondation

Nous étions en train de déguster de la cuisine thaïlandaise à mon bureau. Quand il s'est assis, Colin semblait avoir frotté l'intérieur de mon bureau avec la pointe de sa chaussure gauche. Nous avons entendu un bruit inhabituel. Il se pencha pour voir ce que c'était.

– Qu'est-ce que c'est ? Chéri ? lui demandais-je.

Il leva la tête posant son index sur ses lèvres m'invitant à regarder le dessous de mon bureau. C'était un bogue (microphone) ! Colin l'avait touché. Je ne pouvais pas en croire mes yeux. Ses doigts étaient tachés d'encre bleue.

Cela m'a complètement éberluée ! Non seulement parce que le bogue était là, mais avec les taches d'encre sur ses doigts, j'ai réalisé que la seule personne qui avait pu coller ce bogue était M. Karce.

Nous avons silencieusement quitté mon bureau et j'ai fermé la porte derrière nous. Nous sommes allés à l'extérieur de la Fondation.

C'était vraiment choquant et irréel pour nous deux. Qu'est-ce qu'on va faire ? Il ne m'était jamais venu à l'idée que quelqu'un puisse m'espionner dans ma vie. Il m'espionnait !

Était-ce depuis sa première visite lors de l'inauguration de ma

Fondation ? Qu'est-ce qu'il voulait savoir ? Ce petit bogue a été évidemment collé là pour une raison.

— Colin me dit que, dans les films de type 007, c'était pour espionner l'ennemi. Pour obtenir des informations vitales afin de prévoir leurs prochains mouvements et agir en conséquence, pour empêcher l'ennemi de réussir.

— Il est une ombre qui me suit, Colin ! Il sait maintenant que tu es avec moi pour m'aider et tout le reste... Y aurait-il d'autres bogues ailleurs ? Que faisons-nous ?

Colin a commencé, je pourrais dire, à se mettre en colère puisque cet homme commençait à lui taper sur les nerfs. Il n'y avait aucune raison pour nous espionner. Nous avons honnêtement exécuté ce que Sam Wilcox voulait que nous fassions, à la lettre, à la ligne.

Sans que je puisse le prévoir, Colin a alors décidé de prendre le bogue et l'utiliser pour faire une surprise à M. Karce. C'est-à-dire à le coller sur un mur dans les toilettes des hommes au-dessus des lavabos et mettre une affiche par-dessus qui disait :

« N'hésitez surtout pas à vous laisser aller comme bon vous semble. »

Il était sûr que M. Karce trouverait les sons très déroutants. Nous avions des chanteurs d'opéra qui utilisaient la salle des toilettes pour pratiquer leur talent avec tous les autres effets sonores habituels auxquels l'on peut s'attendre dans un tel endroit. C'est l'effet que Colin voulait créer et faire entendre… Je ne pouvais m'en empêcher, je n'ai pu me retenir de rire.

Cela m'a rappelé le Colin qui avait une très haute confrontation et un très bon sens de l'humour. Tout le personnel et les bénévoles masculins se sont sentis encouragés à se surpasser.

Nous nous sommes penchés sur la question – quoi faire ? Nous ne pouvions pas nous dissocier de lui puisqu'il était l'exécuteur du testament de Sam.

Nous avons envisagé comment nous pourrions garder cet homme aussi éloigné que possible, le temps que nous réalisions les choses, sans ses distractions ennuyeuses. Nous souhaitions, bien sûr, le garder informé sur ce que nous faisions, mais nous voulions à la fois garder notre distance.

Nous ne pouvions rien dire aux employés et bénévoles. Cela aurait incité des soupçons sur nous et la Fondation. Ainsi, après les heures de bureau, nous avons vraiment inspecté chaque pouce de la place et à notre grand soulagement, rien d'autre n'a été trouvé.

Un appel de Mme Tremblay

Nous avons continué à nous occuper des affaires à la clinique et à la Fondation. Nous étions très occupés. Beaucoup d'animaux ont été tirés du danger et la très grande majorité d'entre eux que nous avions sauvé d'une mort certaine, ont été adoptés par des personnes responsables.

Nous avons eu également quelques événements malheureux, mais le pourcentage de vies sauvées l'a emporté de très loin sur les pertes.

Je n'avais pas reçu de communication de M. Karce et honnêtement, je l'avais presque oublié pendant un certain temps. Les exigences de ma Fondation avaient augmenté de plus en plus, nous étions maintenant une institution vraiment bien reconnue. La publicité n'était plus nécessaire. Notre réputation était faite.

Tout en faisant mon travail routinier un vendredi après-midi, j'ai reçu un appel de ma réceptionniste que je devais prendre un appel. Je suis allée à mon bureau pour le prendre. Colin était sur le Web faisant quelques recherches sur les accessoires de physiothérapie. Je me suis assise en face de lui à mon bureau et pris l'appel, c'était ma députée Mme Tremblay.

J'ai dit Colin, en mettant ma main sur le récepteur que c'était elle. Il me regarda en haussant les sourcils et a immédiatement cessé ses recherches à l'ordinateur. Il est devenu très attentif en me fixant. Lui aussi attendait des nouvelles.

– Bonjour Alexandra, c'est votre députée, Christine Tremblay. J'ai de très bonnes nouvelles pour vous. La deuxième lecture s'est très bien passée et à ma grande surprise, la troisième lecture a également été complétée. Le projet de loi a été envoyé pour promulgation.

En bref, elle m'a dit que ce projet de loi pouvait devenir une loi et qu'elle pouvait prendre effet très bientôt. Elle m'a dit également qu'elle m'invitait à me rendre au Parlement afin d'assister à son approbation, dès que le projet de loi serait approuvé. J'ai accueilli son invitation avec plus que de l'enthousiasme. Rien au monde ne pouvait m'empêcher d'être témoin de cet événement.

J'ai demandé si je pouvais emmener certains de mes amis qui voulaient enfin être témoins de ce jour mémorable. Il n'y avait aucun problème, tout ce que j'avais à faire était de fournir leurs noms et comme d'habitude ils avaient besoin de se présenter avec les cartes d'identité appropriées avec photo ou un passeport.

– Ce sont de très bonnes nouvelles pour vous. Je dois vous laisser là-dessus et je suis sûre que vous allez avoir de mes nouvelles bientôt. Au revoir !

– Merci beaucoup Mme Tremblay ! Merci !

– Ça me fait grandement plaisir. À bientôt !

– Bye !

J'étais complètement extatique ! Je me suis levée et j'ai fait gesticuler une jambe et un bras ! Mais cette fois, je ne pouvais pas communiquer mon enthousiasme comme à l'habitude avec un Yes ! que l'on aurait pu entendre de loin. Il y avait beaucoup trop de visiteurs et leurs patients à la réception.

Colin savait que c'était la réponse que j'attendais ! Nous avons commencé à danser dans le bureau et Colin a ensuite commencé à se moquer de mon geste de victoire. Nous avons bien ri et avons laissé libre cours à nos gesticulations !
Sam Wilcox était le génie derrière tout cela. Sans lui, cette loi n'aurait jamais été approuvée. Il avait les moyens pour y parvenir et je lui en étais très reconnaissante. C'était un rêve qui se traduirait bientôt en réalité. Nous avons dû tout garder pour nous jusqu'au jour de l'annonce officielle.

Le grand jour est enfin arrivé

Deux semaines plus tard, j'ai reçu une lettre de ma députée m'invitant officiellement à assister à l'approbation de la loi pour l'anti-cruauté des animaux. L'événement devait avoir lieu la semaine suivante.

Cela m'a donné suffisamment de temps pour communiquer avec tous les gens que je connaissais qui seraient les plus désireux de réserver leur place.

Les courriels volaient de mon ordinateur, leur demandant de m'envoyer leurs réponses. Ils avaient assez de temps pour se préparer pour le voyage. Les confirmations ont été envoyées rapidement.

Quelle réaction enthousiaste ! J'avais trente de mes amis qui ont accepté de venir à l'événement.

Le jour est enfin arrivé et nous a conduits à Québec.

C'était une très belle journée ensoleillée. Le trajet s'était bien passé et nous roulions tout en chantant nos chansons de Rock'n Roll préférées.

Nous nous sommes réunis dans le stationnement et beaucoup de câlins ont été partagés au sein du groupe. C'était un jour que je n'oublierai jamais ! Nous nous sommes ensuite présentés au bureau d'identification pour la sécurité et obtenu nos passes de visiteurs. Nous sommes entrés dans le Parlement.

Mme Tremblay était là à nous attendre. L'événement devait avoir lieu dans moins de quinze minutes, nous avons dû nous empresser d'entrer dans la salle où tout allait se passer.

Tous les membres du comité à qui j'avais fait ma présentation étaient là. Lorsque je suis entrée dans la salle, ils m'ont tous souri et je leur ai retourné la faveur. Nous nous sommes alors tous assis en silence et avons attendu quelques minutes avant que les procédures d'officialisation prennent place.

Ma députée a commencé la présentation en lisant les règles officielles de la façon dont un projet de loi devient une loi. Ensuite, le président du comité a pris la barre. Il a exposé un simple examen des mesures qui ont été prises pour atteindre son approbation. Puis, Mme Tremblay a lu l'intégralité du projet de loi.

Le comité avait fait un excellent travail, car ils ne donnaient aucune possibilité que le projet de loi anti-cruauté envers les animaux puisse être contourné ou ignoré. Son contenu était très précis et les conséquences de la violation de cette loi étaient très sévères. Non seulement en ce qui concerne les finances, mais aussi la suppression permanente de permis pour tout type de ces activités et la fermeture immédiate des locaux, des amendes très salées et emprisonnements.

Ce projet de loi était bien au-delà de mes attentes. Rien n'a été laissé au hasard, il avait du mordant !

Colin était assis à côté de moi et j'ai vu qu'il était très heureux, ses yeux roulaient dans l'eau, c'étaient des larmes de joie. Il avait aussi combattu avec moi. Nous avions été tellement frustrés lors de nos jeunes années.

Nous avons religieusement écouté tout ce qui a été dit. Chaque mot était de la musique pour nos oreilles. J'ai absorbé tout ce qu'elle disait comme un souffle d'oxygène pur.

Son discours a duré environ une demi-heure. Cela m'a paru être plus court. J'étais tellement attentive à tout ce qu'elle disait, je n'ai pas vu le temps passer.

À la fin, elle a demandé à tous les membres du comité de voter officiellement pour l'approbation finale de la nouvelle loi, de sorte qu'elle devienne immédiatement exécutoire.

Tous, sans exception, ont levé la main droite, ce qui signifiait que tout était approuvé.

Beaucoup d'applaudissements ont suivi et c'était la victoire ! Quelque chose pouvait être fait à ce sujet.

Après l'événement, je me suis dirigée vers Mme Tremblay et l'ai remerciée pour son aide. C'était l'un des plus grands exploits de ma vie !

Elle a ouvert ses bras et m'a donné un gros câlin.

– Je suis là pour vous Alexandra, comme je le suis pour tous les gens de ma circonscription. C'est mon travail ! Vous devriez aller fêter ! J'ai hâte de retourner à la salle puisqu'une foule de médias m'attendent pour une période de questions au sujet de la nouvelle loi !

Avant de prendre la route, nous sommes tous allés célébrer au restaurant *Las Cuevas* sur la rue Grande Allée. La cuisine espagnole était superbe et la paella que j'ai partagée avec Colin était délicieuse ! Un couple de danseurs flamenco est venu sur la scène centrale au cours du repas.

Une femme frappait des castagnettes au rythme de la musique tandis que l'homme qui l'accompagnait battait des pieds. Leurs mouvements avec leurs chaussures à claquettes étaient vraiment impressionnants. Ils étaient très talentueux. C'était une belle façon de terminer la journée avec tous mes amis.

J'ai autant savouré ce moment que l'annonce de la présidente du comité. Un pur délice !

Nous avions terminé cette étape. Et je devais faire mon compte-rendu à M. Karce...

Compte rendu à M. Karce

Durant notre voyage de retour, j'ai discuté avec Colin de la façon dont je devais aborder M. Karce. J'étais sûre que les nouvelles allaient parcourir les ondes très rapidement. Et que le temps que cela me prendrait pour arriver à Boucherville, il serait déjà au courant.

C'était l'accord imposé dans le testament de Sam : j'avais l'obligation de venir le voir chaque fois qu'une tâche était accomplie. Je n'avais pas le choix.

Colin a insisté pour venir avec moi. Il n'avait pas l'intention de me laisser seule avec cet homme dans son bureau. Il ne se souciait pas si M. Karce avait découvert ou non sa participation à la réalisation du testament.

Il avait son opinion sur cette question, et ce n'était pas l'affaire de M. Karce à s'immiscer dans notre vie personnelle. Tout devait rester au niveau des affaires. Il n'avait pas le droit de franchir cette ligne. Colin ne lui aurait jamais permis de faire une tentative afin de couper notre relation.

Nous avons décidé de lui rendre visite le lendemain.

Il était « l'homme du style maître d'hôtellerie si réservé » habituel, debout à m'attendre. Une brève poignée de main s'en suit me félicitant pour la réalisation. Il avait entendu les nouvelles. J'étais très heureuse, après toutes ces années, qu'une loi pour protéger les animaux existait finalement !

Il avait l'air impressionné et m'a déclaré qu'il était temps de signer les documents juridiques appropriés attestant que cette tâche était terminée.

Mais avant de poursuivre, il a invité Colin, comme il l'avait fait auparavant, de quitter son bureau et de m'attendre dans le hall.

Cette fois, Colin résista à sa demande et a insisté pour rester avec moi.

– Selon les règles, Mlle Thompson, votre petit ami ne fait pas, comme vous le savez probablement, partie de la transaction. Vous devez respecter la confidentialité de votre contrat. Il n'est pas, je suppose, encore votre mari ou votre conjoint officiel, et pour cette raison, je ne peux pas lui permettre d'assister à la signature et à la fermeture de cette demande.

J'ai secoué la tête en signe d'incrédulité et en défaitiste, j'ai indiqué à Colin que je ne pouvais rien faire. Il avait raison. Colin n'était pas mon mari et légalement, il n'avait rien pour appuyer le fait que c'était légitime pour lui de rester en ma présence dans son bureau.

Colin se leva, regarda M. Karce. Il était visiblement fâché, mais a acquiescé à sa demande. Il a fermé la porte et j'étais, de nouveau, seule avec cet homme.

– Mlle Thompson, je vais aller chercher les documents juridiques dans la salle arrière. S'il vous plaît, patientez un moment pour moi.

– Très bien, lui dis-je.

Après quelques minutes, il est revenu avec les documents tels que spécifiés par Sam. La deuxième étape était terminée et comme convenu, je devais signer les documents pour sceller la confirmation que tout était en ordre et complet.

Tout a été fait en un rien de temps.

– Mlle Thompson, vous devriez maintenant vous préparer à partir pour le Japon. C'est votre prochaine étape. Vous avez les cendres de Sam. Vous devez vous rendre à la rencontre du maître bouddhiste qui vous attend. J'aimerais obtenir les informations concernant votre départ dès que possible.

– Je comprends M. Karce, mais la prochaine étape est de déposer auprès du tribunal pénal le document officiel que Sam m'a donné pour exposer et dénoncer les gens derrière les scandales liés au travail des médias au cours de mes années de protestations.

Je me dois en toute honnêteté de suivre à la lettre tout ce qu'il a

98

demandé. Je ne me sentirais pas bien de sauter cette étape pour une autre.

– Eh bien, cela ne devrait pas prendre trop de temps puisque vous aviez tout préparé et tout était prêt pour vous. Vous auriez seulement eu besoin de mes services pour le déposer et suivre son cours. Et c'est ce que j'ai fait plus tôt cette semaine. Donc, sur ce point, vous n'avez pas à faire quoi que ce soit. À ce point, tout est entre mes mains.

– Puis-je voir ce que vous avez envoyé ?

– Bien sûr. Voici l'enveloppe contenant la déposition officielle et la façon dont les médias se sont pris pour être contre vous.

L'enquête et tout le reste prendront un certain temps. Il me semble qu'à ce point, vous devriez aller au Japon et mettre Sam au repos à l'endroit qu'il a choisi.

Je vous promets que je vais prendre soin de cette déposition et je suis heureux de dire que cette affaire me donne positivement des papillons d'excitation dans l'estomac !

Il y a déjà beaucoup de preuves recueillies sur les enveloppes brunes et les pots de vin. Cela fait longtemps que j'ai eu affaire à quelque chose d'aussi excitant que ce cas.

Vous n'avez pas à vous en soucier. Je veux aussi que vous sachiez que j'ai reçu votre message très « fortement et clairement ».

Je n'ai rien dit en retour sur son dernier commentaire. Je n'ai pas réalisé ce à quoi il faisait allusion avant d'être à l'extérieur de son bureau.

Cela ne pouvait qu'être en référence à l'emplacement du bogue que Colin avait placé dans la salle des toilettes de mes chanteurs d'opéra.

J'ai souri et je me dis qu'il avait un très bon sens de l'humour.

Au Japon

Lucie a indiqué qu'elle se devait de faire une pause. Elle riait tellement, ses yeux étant larmoyants, elle ne pouvait plus voir clairement l'écran de son ordinateur portable.

Nous avons bien ri ensemble et après un moment, elle m'a dit qu'elle était prête à continuer. Elle saisissait vraiment tout ce que je disais. C'était la première fois que j'avais dû l'interrompre. Elle était très attentive à ce que je disais.

– OK, oui, au Japon.

Nous nous sommes préparés pour le plus beau voyage de notre vie. Je n'étais jamais allée au Japon, ni Colin. Nous avons à nouveau examiné tous les documents et informations que Sam m'avait laissés sur son site Internet.

Tout ce qui était nécessaire de savoir était là, très bien détaillé afin de me rendre au temple, ma rencontre avec le maître bouddhiste, ce que je devais faire de ses cendres, etc.

C'était vraiment bien détaillé et avec mon iPad, je pouvais m'y référer chaque fois au besoin. Nous ne pouvions pas faire d'erreur.

À mon avis, il était très important que je traite les cendres d'un homme, pour qui mon affinité et mon admiration ont considérablement grandi au fur et à mesure que j'avançais dans cette aventure. Je considérais cela comme une sorte de pèlerinage.

Je devais apporter Sam avec moi à l'endroit qu'il avait choisi.

Colin m'a fait remarquer que je devais savoir comment je serais autorisée à apporter ses cendres. Puis je me suis souvenue que M. Karce avait un document officiel qui me permettait de passer les douanes japonaises sans problème.

Donc, il n'y avait rien pour s'inquiéter. J'ai vérifié la date d'expiration de mon passeport et il était encore bon pour deux autres années. Je l'avais à peine utilisé, seulement pour une semaine dans le Sud.

J'ai laissé mes chats à mon meilleur ami qui avait accepté d'en prendre soin durant mon absence. Je n'ai pas été très précise en annonçant mon voyage à mes employés et aux bénévoles de ma clinique et Fondation.

Je n'ai rien dit de plus à propos de ce que j'allais faire. Et je leur ai spécifié que je n'avais pas de date exacte à donner pour mon retour. Mon billet de retour était ouvert.

Mais comme d'habitude, tout le monde a été très respectueux. Ils pensaient qu'on s'en allait pour des vacances d'amoureux. J'aurais souhaité que ce soit la raison, ç'aurait été un peu plus romantique de partager les nouvelles. Mais je n'ai jamais soulevé la question à ce sujet depuis que nous étions revenus ensemble.

Il était heureux, j'étais heureuse, peut-être qu'il a été un peu insulté d'être invité à quitter le bureau de M. Karce lors de mes visites, mais pour moi, ça n'avait pas d'importance.

Après l'achat de vêtements d'été légers, nous avons fait nos bagages. J'ai ensuite appelé un taxi pour nous emmener à l'aéroport Trudeau. Notre itinéraire comprenait un arrêt à Toronto, puis à Vancouver pour finalement atterrir à Tokyo. Le voyage total prendrait environ dix-huit heures, y compris tous les escales et changements d'avion.

De l'aéroport de Tokyo, nous devions prendre le train à Kamakura où nous devions livrer les cendres de Sam. La rencontre devait avoir lieu devant le Grand Bouddha. C'est l'endroit qui avait été convenu.

Je devais tenir une pancarte avec mon nom en japonais. Il est prononcé comme Arekusandora que j'ai trouvé très poétique. Colin ne cessait de me le répéter en plusieurs versions, il jouait avec le nom en faisant varier les sons sur différentes syllabes. C'était très drôle. J'aurais dû demander pour la traduction de son nom, ce qui m'aurait certainement fait rire aussi.

Après un petit déjeuner léger à notre arrivée, nous avons pris le

102

train et sommes arrivés à la Kōtoku pour notre entrée au temple bouddhiste.

Nous ne pouvions pas manquer la statue de bronze du grand Bouddha. C'était un géant ! La statue mesure environ 13,35 m de haut et l'on nous a dit qu'elle pesait 93 tonnes ! Il se dégageait quelque chose d'extraordinaire de cette statue. Le calme et la sérénité émanant de ce Bouddha étaient vraiment quelque chose que je n'oublierai jamais.

Puis un jeune moine, habillé en tenue orange et jaune, se dirigea vers nous puisqu'il avait reconnu mon nom. Nous avons échangé nos salutations et il nous a invité en signes, pour que nous marchions en sa compagnie vers le Temple. Nous devions bientôt rencontrer le maître du temple.

Tout ce que nous avions vu jusqu'à présent de ce pays était tout simplement magnifique ! Il n'y avait pas d'autres mots pour le décrire.

Nous marchions avec le jeune moine vers le temple. Nous avons dû monter plusieurs marches de pierre, et à mi-chemin, le temple bouddhiste apparut. C'était un temple de bois tout gravé avec divers caractères japonais rouges et noirs.

Le temple était entouré de cerisiers tout en fleurs. Nous avons marché au milieu de ces beaux arbres et ces tapis de pétales de rose vers notre destination. Ça devenait très évident que nous étions les étrangers de la place avec nos sacs à dos et nos casquettes des Canadiens de Montréal. Il n'y avait aucun doute là-dessus.

Enfin arrivé au temple, le moine nous a invités à enlever nos chaussures avant d'entrer, ce que nous nous sommes dépêchés de faire très respectueusement, ainsi qu'à enlever nos casquettes.

Nous sommes entrés dans une grande salle tout en bois de cerisier. Sur le mur étaient exposés plusieurs rouleaux d'écrits faits à la main, des écrits que j'aurais tant aimé comprendre.

Il y avait une sorte de fenêtre à travers laquelle nous pouvions facilement voir une petite rivière qui coulait tout doucement sur les rochers pour ensuite se déverser dans un bassin de bois. Le son de l'eau accompagné du chant distant d'oiseaux inspirait le calme. L'endroit était si paisible.

Le jeune moine nous a invités à nous asseoir sur des coussins devant une table en bois. Il y avait un autre coussin devant celle-ci. Il était, sans doute, réservé au maître bouddhiste qui devait nous rencontrer.

En attendant, j'ai pensé à Sam pour un moment. Je pouvais comprendre pourquoi il aimait tellement cet endroit. Mais ce n'était pas la totalité de mes réponses. Pourquoi voulait-il que je vienne au Japon ?

Lorsque le maître est entré, nous nous sommes tous deux levés et marché en sa direction. Nous avons échangé nos salutations du mieux que nous pouvions, avec les bases de politesses japonaises que nous avions apprises.

Il était un homme très grand avec de longs cheveux et barbe blancs. Il s'était dirigé vers nous comme s'il lévitait au-dessus du sol.

Nous sommes ensuite retournés à la table où il nous invita à nous asseoir. Tout en demeurant silencieux, d'un mouvement de sa main droite, il fit un geste, m'incitant de lui remettre la lettre de Sam. Il était, je présume, son vieil ami dont il m'avait parlé dans son testament.

J'ai ouvert mon sac à dos et lui ai donné la lettre ainsi que l'urne contenant les cendres de Sam.

– Ah, merci, merci… Sam... Vous savez, il était un très bon ami à moi. Il est venu me rendre visite presque chaque année. Il louait une petite auberge sur la propriété du temple durant son séjour. C'était pour lui, l'endroit où il méditait paisiblement. Et il était très reconnaissant pour la tranquillité, comme il le mentionnait à chacune de ses visites.

Chaque fois qu'il avait besoin de se ressourcer et de prendre une pause de la famille et du travail ardu de sa carrière, il venait ici. Je vais certainement le manquer, mais je suis heureux que nous nous retrouvions de nouveau ensemble en esprit, jusqu'à ce qu'il décide de poursuivre son chemin spirituel. S'il vous plaît, permettez-moi de lire sa lettre.

Le maître bouddhiste parlait couramment le français à notre grande surprise.

Il ouvrit la lettre et tout en la tenant dans ses mains, il exposait un sourire de satisfaction. Je ne sais pas ce que Sam lui disait, mais selon ses indicateurs faciaux, il semblait que c'était un adieu spécialement pour lui.

Quelques minutes plus tard, il a touché l'urne avec un grand respect et gardé le silence. Puis, il a continué à lire la lettre. Nous avons juste continué de le regarder lire la lettre.

104

Puis, en levant les yeux, il m'a dit qu'il m'était très reconnaissant pour lui avoir apporté son ami à son lieu de repos. Il plia la lettre et la mit à l'intérieur de sa robe.

Il nous a ensuite invités à le suivre dans un jardin près de la petite rivière. C'était un beau jardin zen, de sable et de roches, joliment dessiné.

– C'est là que Sam avait l'habitude de méditer.

Il y avait une lanterne japonaise dans laquelle il a déposé l'urne contenant les cendres de Sam Wilcox.

– C'est la place qu'il a choisie lors de sa dernière visite. Il s'est penché sur ses genoux et a déposé l'urne à l'intérieur de la lanterne.

– Voilà Sam, comme je te l'avais promis. Tu resteras ici pour toujours.

Puis, il nous dit :

– Sam m'a fait promettre que cette lanterne lui était réservée. C'est maintenant chose accomplie. Merci de l'avoir fait pour lui. Je suis sûr qu'il nous observe et en est très heureux.

Nous regardions la lanterne et le maître bouddhiste. C'était un moment que nous n'étions pas près d'oublier. C'était très émouvant. Deux vieux amis à nouveau réunis.

Il n'y avait rien de très cérémonial. C'était la plus pure et simple gentillesse que je n'avais jamais vue dans ma vie.

Il nous a ensuite invités à quitter le jardin et venir au Temple. Il avait quelque chose à me donner. Je me suis retournée quelques fois tout en marchant vers l'entrée du temple pour regarder la lanterne et ce qui l'entourait. C'était comme si je voulais m'assurer que cette image ne disparaisse jamais de ma tête.

Il se dirigea vers un placard en bois joliment sculpté et ouvert les deux portes vers lui. Puis, il m'a remis deux enveloppes, une pour M. Karce confirmant que Sam était arrivé à son lieu de repos.

L'autre enveloppe était pour moi. Le maître m'a ensuite dit que la lettre était de Sam. Qu'il l'avait écrite lors de sa dernière visite au Temple, cela fait déjà plus d'un an.

– Je l'ai gardé pour vous. Alors s'il vous plaît, prenez-la. Vous n'êtes cependant pas autorisée à lire son contenu jusqu'au moment où vous réaliserez que quelque chose de très extraordinaire vous arrive.

Il nous regarda tous les deux... Bien que la lettre me soit adressée personnellement, il semble que Colin devait contribuer à

105

une participation quelconque. Il a vraiment indiqué avec ses mains nous pointant tous les deux.

C'est devenu un grand mystère pour moi puisque je ne m'attendais surtout pas à cette déclaration lors de notre visite. Mais, je suppose, c'était la décision de Sam. Alors, j'ai accepté l'enveloppe et je l'ai remercié pour le temps qu'il nous avait accordé.

Il nous a ensuite invités à venir dans la salle principale du temple. Il voulait nous lire quelque chose avant que nous le quittions :

Il a pris un rouleau d'une autre étagère en bois, le déroula et nous a invités à nous asseoir.

Debout devant nous, il a commencé à lire :

« C'est ce que dit le Bouddha de la mort :
La vie est un voyage.
La mort est un retour à la terre.
L'univers est comme une auberge.
Les années qui passent sont comme de la poussière.
Considérez ce monde fantôme.
Comme une étoile à l'aube.
Une bulle dans un ruisseau.
Un éclair dans un nuage d'été.
Une lampe vacillante — un fantôme — et un rêve. »

Il nous a ensuite invités à nous lever et me tendit le rouleau. Tout était en calligraphie japonaise d'encre noire sur des feuilles d'or. L'écriture était magnifique.

Nous sommes devenus à la fois très émotionnels et touchés par ce qu'il venait de lire. Le sens de la mort n'était certainement pas quelque chose sur lequel j'avais consacré beaucoup de temps à y réfléchir.

Selon ce qu'il venait de nous dire, il semblait que ce n'était pas si terrible comme plusieurs personnes le pensaient.

Nous avons quitté ce lieu magique et sommes partis pour le prochain train nous menant à Tokyo. Nous allions rencontrer notre guide pour la visite de ce pays pour les trois prochaines semaines.

Le Japon — Le pays du soleil levant

Nous sommes arrivés à Tokyo. Notre guide nous attendait selon les instructions que M. Karce nous avait données. Son nom était Kaito, un très beau jeune homme qui connaissait le Japon comme le creux de sa main.

L'hôtel qui nous attendait était Le Prince Park Tower Tokyo. Cet hôtel est le berceau de la chaine Prince reconnue mondialement. Notre chambre était une suite de trente-quatre mètres carrés.

Avec un immense lit, accès à l'Internet, baignoire à jets et douche séparée. Le coût total du séjour de trois nuitées était d'environ 10,000 $ US. Je dois avouer que c'était une chambre très luxueuse. Sam s'était vraiment surpassé sur son choix !

Nous laissant déballer nos valises, Kaito nous a mentionné qu'il nous attendait dans deux heures pour un dîner dans le restaurant le plus célèbre de Tokyo, le Kozue.

Notre guide nous a emmenés jusqu'au 40e étage du Park Hyatt. Il avait réservé une table près d'une fenêtre, pour que nous puissions profiter d'une vue incomparable sur les collines de l'ouest de même que sur la silhouette du Mont Fuji qu'on pouvait voir au loin.

Le menu présentait toutes sortes de plats de poissons et de

viandes bovines Kobi parfaitement marbrées.

Encore une fois, Sam savait très bien ce que le Japon avait à offrir en délices culinaires. Nous nous sommes gavés de cette nourriture incroyable.

Kaito qui parlait couramment français nous a dit que nous ferions l'expérience de toute la culture japonaise, des festivals, de l'architecture, des villages et villes historiques, et de toutes les attractions modernes de la ville de Tokyo.

Les jours se sont passés, nous avons eu de magnifiques visites. Nous avons découvert la culture et paysage du Japon avec ses parcs nationaux, ses jardins ainsi qu'une exploration en profondeur de l'île de Honshu.

Nous avons exploré les principales îles du Japon. Kaito nous a emmené de Tokyo au Mont Fuji, Kyoto, Nara, Himeji, Kurashiki, Hiroshima, l'île de Kyushu. Puis nous avons pris un transbordeur pour l'île de Shikoku, après que nous ayons traversé par la mer intérieure vers l'île de Honshu. Puis nous avons terminé à Osaka.

Cette visite était spécialement conçue pour nous, pour voir les régions rurales du Japon, ainsi que les sites les plus populaires de Tokyo, Kyoto et Hiroshima.

Alors que nous étions dans la partie sud de l'île principale, après avoir visité Hiroshima, nous sommes allés à Beppu, qui est une station balnéaire de vacances très populaire, avec de nombreuses sources d'eau chaude.

Ce qu'il y avait de particulier c'était que l'eau miroitait différentes couleurs, en raison de la concentration variante de minéraux et de métaux. C'était vraiment quelque chose à voir – de la vapeur rouge et bleu se présentant devant nous.

Nous sommes aussi allés au mont Aso, qui est un énorme et vieux volcan qui crachait, à l'occasion, des alambics de pierres et de roches. On pouvait s'y approcher de près et regarder la fumée en sortir.

Nous avons également eu la chance de voir la vallée des mille lunes. Plus tôt, au cours de la journée, chacun des champs de riz ressemblait à une glace. Et l'on nous a dit que ce serait encore plus spectaculaire durant la nuit, avec la lune réfléchissant séparément sur chacune des rizières.

Donc, nous sommes restés plus longtemps. Ça en valait vraiment le coup, puisque c'était tout à fait spectaculaire.

Ce voyage était pratiquement une lune de miel. Nous étions si

108

heureux d'être ensemble et de profiter de cette opportunité minute par minute partout où nous allions.

Tout au long de notre voyage, nous nous sommes tellement gavés des crevettes et champignons Tempura, c'en était absolument ridicule ! Si délicieux, nous ne pouvions pas nous en empêcher. C'était génial de pouvoir être là et de vivre dans le présent.

En visitant notre dernière destination — Osaka, j'ai regardé les gens et les touristes autour et étonnamment, j'ai vu quelqu'un qui ressemblait beaucoup à M. Karce.

– Je le jure ! C'est lui ! Regarde !

Comme je le pointais à Colin, il a disparu dans un taxi et partit.

– Quoi ? Chéri, je ne le vois pas. En es-tu certaine ?

– Positif !

Il a piqué ma curiosité. Pourquoi serait-il au Japon ? J'ai décidé de l'appeler à son bureau de Montréal, avec une différence de 12 à 16 heures, je pouvais avoir une chance de mettre la main sur lui. J'ai supposé que c'était tôt le matin.

J'ai reçu un message vocal, mais il n'y avait aucune indication pour deviner s'il était absent de son bureau pour longtemps ou pas. Était-il à m'espionner encore une fois ?

– Il ne répond pas. Le message provenait d'un enregistrement.

– Es-tu certaine que c'était lui ?

– Oui, je le suis, Colin.

J'étais tellement affirmative dans mon affirmation que Colin a enfin cru que je l'avais vu.

Nous avons continué notre voyage touristique et laissé tomber l'idée qu'il nous espionnait. Nous ne voulions pas le laisser tout gâcher. Nous souhaitions plutôt connaître davantage ce merveilleux pays.

À la fin de notre visite, nous sommes retournés à Tokyo. Nous avons remercié Kaito d'avoir été un guide tout à fait génial. Et alors que nous allions lui donner un pourboire, il a insisté sur le fait que tout avait été pris en charge et qu'il avait déjà été très bien rémunéré.

Nous avons séjourné une nuit de plus à Tokyo à l'Hôtel Prince et nous sommes envolés tôt le matin pour rentrer à la maison.

Jamais dans mes rêves les plus fous, n'avais-je envisagé de recevoir un tel cadeau ! J'ai appris à un très bas âge de ne pas m'attendre de recevoir quelque chose sans échanger quoi que ce soit. Sam en faisait une exception.

Retour à la maison

Nous sommes rentrés chez nous bien reposés et très heureux de notre visite de ce beau pays. Ces trois semaines avaient été bien nécessaires. Cela m'a fait réaliser que je n'avais pas eu de vacances depuis si longtemps. Le fait de m'être accordé cette occasion, à cause de Sam, a été très apprécié, c'est le moins qu'on puisse dire.

Les employés de ma clinique et de la Fondation étaient très contents de nous voir, ainsi que mes deux chats. Je pourrais dire que l'amitié et le respect de mes employés et bénévoles que nous avions l'un pour l'autre n'avaient pas de prix. J'ai été informée des réalisations de la Fondation et j'étais très fière d'eux.

Ils n'avaient pas lâché et ne s'étaient pas coulé la vie douce pendant notre absence, bien au contraire, ils étaient très responsables. Ils ont géré la place parfaitement. Colin m'a aussi informé que le bogue était encore dans les toilettes des hommes...

Le personnel était aussi très heureux de nous montrer divers journaux et clips d'information de plusieurs sites Web au sujet de l'influence immédiate de la loi anti-cruauté envers les animaux. On y faisait le ménage.

Beaucoup de choses se sont passées pendant notre absence et plusieurs animaux ont été épargnés d'une mort inutile. Plusieurs de ces centres de recherches ont été fermés.

Il y a eu plusieurs descentes des moulins à chiots. Il y a eu, en plus, des amendes et des emprisonnements, pour violation de cette loi. Cela m'a fait très plaisir ! Yes !

J'ai décidé de contacter M. Karce pour prendre rendez-vous, afin de lui donner la lettre de confirmation du maître bouddhiste que les cendres de Sam reposaient au Japon, au temple bouddhiste tel que spécifié par Sam.

Je l'ai contacté, et il était heureux d'entendre ma voix et m'a exprimé sa satisfaction que cela ait été fait pour son vieil ami. Il m'a invité à venir le lendemain.

Nous sommes venus dans l'après-midi et à ma grande surprise, il semblait ne plus être réticent que Colin reste avec moi. Un changement d'attitude, je n'y ai pas consacré plus d'attention que cela.

Tout était bien maintenant que Colin, cette fois-ci, demeure avec moi. Donc, nous avons procédé comme d'habitude, je lui ai remis la lettre du maître bouddhiste qu'il a immédiatement ouverte. Il souriait tout en la lisant.

– Alors, Mlle Thompson, avez-vous aimé votre voyage ?

– Tout à fait M. Karce, plus que tout.

– Et vous, M. Colin, vous faisiez également partie du voyage, n'est-ce pas ?

– Oui, j'en faisais partie et j'ai beaucoup aimé l'expérience.

– Votre voyage n'a pas été payé par Sam, vous le savez.

– Je le sais. Je pouvais me permettre de me joindre à Alex, sans aucun problème.

– Eh bien, je suis heureux que tout se soit bien passé pour vous deux.

Il démontrait une grande satisfaction et comme d'habitude, il est allé dans la salle adjointe de son bureau pour obtenir les documents officiels qui devaient être signés.

Colin et moi nous sommes regardés et étions effectivement surpris qu'il fût si gentil avec lui. Tout un contraste d'avec nos visites précédentes.

Lorsque je signais les papiers, il m'a dit que la poursuite contre les médias se déroulait très bien. Tout serait publié sur toutes les ondes en très peu de temps, sur tout ce qui était arrivé, depuis les premiers jours où je protestais.

Ça devait être dénoncé par le tribunal et c'était sur le point d'être publié. Il m'a donné les documents officiels qui poursuivent

112

les médias pour leur partialité. Tout a été accompli comme Sam le voulait — dénoncer les médias pour leurs parti-pris, d'avoir été achetés par les intérêts de ces entreprises que j'exposais.

Il était très intéressant de voir que M. Karce était mon avocat officiel. Il m'avait dit que ce ne serait pas nécessaire que je me présente au tribunal. Tout suivait son cours comme il l'avait prédit. Tout était en place. Je n'étais plus sûre si c'était si nécessaire.

Après toutes ces années, ma vie avait pris une autre direction, alors que j'avais énormément souffert émotionnellement sur la façon dont ils m'avaient traitée durant mes jours de bataille, d'être sans cesse arrêtée parce que je disais tout fort ce que plusieurs gardaient en silence — j'en dérangeais plusieurs et l'on voulait me faire taire.

Mais Sam a été celui qui m'a fait cette faveur et franchement, après y avoir réfléchi davantage, il était grand temps que certains de ces filous soient dénoncés en public.

Donc, je n'ai pas reculé. J'avais tant de chagrin devant cette frustration durant tout ce temps. C'était le temps de leur faire payer pour ce qu'ils m'avaient fait endurer.

Ce n'était pas à cause de l'argent. Je voulais que ces révélations de ce qu'ils avaient fait à moi et à mes amis, soient rendues publiques. Je n'étais pas la délinquante qu'ils avaient ciblée tellement de fois dans le passé, dans les journaux et les nouvelles.

Tout cela m'a rappelé mes jours de tristesse. J'en ai pleuré un sacré coup, cette situation était si frustrante.

Monsieur Karce m'a assuré qu'il resterait en contact avec moi avec les mises à jour, mais rien de plus n'était nécessaire. Le travail avait été fait et il s'est fait un plaisir de déposer les documents au tribunal pour moi.

Après la rencontre avec M. Karce, je savais que l'exposition de ces personnes, maintenant identifiées, qui m'ont ridiculisée tant de fois à l'époque de mes protestations, est accomplie.

Sam avait silencieusement travaillé pour ma cause.

La tâche suivante était la plus difficile et j'ai compris pourquoi Sam voulait que je sois entièrement reposée avant de l'entamer. C'était la prochaine et dernière étape.

M. Karce m'a indiqué que j'étais très près d'accomplir tout ce que Sam avait mentionné dans son testament, et qu'il avait hâte de me voir terminer toute cette affaire.

113

– Sam serait très fier de vous, j'en suis sûr. Le connaissant, il ne cesserait pas de vous applaudir, Mlle Thompson.

Comme d'habitude, il se leva, secoua les mains et **nous** a remercié d'être venus.

Jusqu'ici, tout va bien

Je me disais : jusqu'ici, tout va bien. Dans l'ensemble, j'avais fait exactement ce que Sam m'avait demandé de faire, et je ne pouvais pas me sentir mieux dans ma peau.

La réalisation était assez énorme. Colin m'avait encouragé à chaque étape du chemin. Cela aurait été très difficile de le faire toute seule sans lui.

Nous sommes retournés à notre routine quotidienne. Lors d'une soirée tranquille à la maison, j'ai décidé d'ouvrir le coffret de Sam et de lire la dernière tâche que je devais faire pour obtenir son legs.

J'ai été tentée d'ouvrir la lettre de Sam que le maître bouddhiste m'avait donnée, mais je l'ai remise dans le coffre. Rien, à mon avis, ne s'était passé pour justifier sa lecture. Il n'y avait rien qui m'indiquait que quelque chose d'extraordinaire se passait…

Comme nous lisions les étapes à suivre, c'est rapidement devenu plus concret que cette tâche nous demanderait un certain courage. Il fallait identifier les différents groupes que Sam soupçonnait responsables d'avoir réduit la vie de ses amis.

Je devais contacter et engager des enquêteurs privés pour qu'ils commencent le travail. N'étant pas très familiarisée avec les procédures, je n'avais pas la moindre idée sur la durée de cette enquête, et où elle nous conduirait.

La documentation se trouvait là, prête à être étudiée et utilisée comme guide. Les informations nécessaires étaient à la disposition des détectives et enquêteurs que je devais embaucher. Je n'étais pas sûre du nombre dont j'aurais besoin, car il y avait, d'après les documents de Sam, plusieurs sources qui semblaient être interconnectées.

Chacun se devait de les trouver. C'était invraisemblablement une bataille du petit David contre le géant Goliath. Je n'avais aucune idée qui était ces gens que Sam ciblait.

De cette description du testament, Sam s'est fait très insistant que l'enquête se fasse coûte que coûte. Je devais faire en sorte, non seulement que cette enquête se fasse, mais qu'elle se termine avec les individus proprement identifiés : ceux qui avaient influencé la distribution de ces drogues et généré la mort de ses amis, de les exposer et de les traduire en justice.

Nous avons décidé de faire les appels pour interviewer et engager ces enquêteurs dès le lendemain.

Quelque chose d'extraordinaire m'arrive

Nous avons appelé les détectives et enquêteurs à partir de la Fondation. Nous avons constaté que plusieurs d'entre eux connaissaient déjà Sam Wilcox. Ils avaient, en quelque sorte, fait des affaires avec lui sur quelques cas qui leur avaient été assignés et qui ont été couronnés de succès. Sam était une source d'inspiration pour eux, et ils étaient très désolés d'apprendre qu'il était décédé.

Nous avons finalement rencontré trois enquêteurs. Leurs coûts étaient énormes, j'étais contente de ne pas avoir eu à me soucier du financement. Je n'aurais jamais pu financer ces enquêteurs privés. Ils ont reçu chacun la documentation se joignant à leur spécialité. Ils devaient continuer ce que Sam avait commencé.

Leur enquête serait terminée dès qu'ils pourraient relier les points entre ces différentes entités. Ils devaient trouver un dénominateur commun, étant la seule source de tous ces événements.

Je n'aurais jamais pu faire cela. Comment commencer, par où commencer, où chercher, etc. Ils devaient trouver qui fournissait l'argent et les ressources. Sam soupçonnait quelqu'un.

J'espérais que, quand tout serait dit et fait, qu'il soit reconnu comme étant **le** coupable. Ce que j'ai toujours remis en question depuis le premier jour, c'était : pourquoi quelqu'un ferait-il cela ? Que gagnerait cette personne à le faire ?

En regardant le tableau qu'il avait inclus dans la documentation. Il était certain que c'était lui. Sam m'avait indiqué dans son testament qu'étant avocat, il avait pu observer que l'ombre se cachant dans les entreprises de la pègre et des cartels qu'il avait découverts, avait une énorme influence partout dans le monde des affaires. C'était vraiment plus que ce qu'il soupçonnait au départ.

Il me faisait tout à fait confiance pour choisir les enquêteurs que j'allais engager et obtenir, de ce fait, le résultat qu'il s'attendait que j'obtienne. Je me suis promis que cela arriverait.

Le dernier jour des entrevues, je me sentais fatiguée et je n'avais pas d'appétit, peu importe la façon dont j'essayais. J'ai eu des nausées et des vomissements toute la journée. Je me demandais bien ce qui se passait avec moi. C'est alors que j'ai réalisé que j'avais raté ma dernière période.

Je n'ai jamais pris la peine d'observer cela avant. J'étais tellement régulière chaque mois. Mais avec les derniers événements qui m'avaient gardée tellement occupée pendant plusieurs jours, il ne m'était pas venu à l'esprit que j'aie pu raté ma période.

Étais-je maintenant enceinte ? Comment Colin réagirait-il si c'était le cas ?

C'était, je dois l'avouer, quelque chose d'extraordinaire pour moi...

Je me suis faufilée hors de la Fondation et me suis rendue à la pharmacie qui était à proximité. Retournée à la Fondation, je me suis enfermée dans la salle de bain. J'ai fait un test Clear Blue. C'était positif !

J'étais très heureuse du résultat ! J'aurais voulu courir pour le dire à Colin !

Nous avons terminé la journée de travail et nous sommes allés à la maison. J'étais incapable de prendre une seule bouchée du dîner. C'était pourtant un de mes aliments préférés, mais je ne pouvais pas me forcer à manger.

Colin me regarda un instant, se demandant pourquoi je ne mangeais pas. J'ai alors décidé qu'il était temps de lui révéler ma condition. J'étais enceinte de plus d'un mois.

— Je dois te dire quelque chose de très important : tu te

118

souviens de ce que le maître bouddhiste nous avait dit avant de partir quand il m'a remis la lettre de Sam ?

– Oui, pourquoi ?

– Tu sais le quelque chose d'extraordinaire qui se passerait pour nous ?

– Hum, je ne sais toujours pas ce qu'est cette chose d'extraordinaire.

– Je suis enceinte, j'ai fait le test cet après-midi !

– Toi... Quoi ? qu'il me dit en sautant de sa chaise et me prenant dans ses bras.

Nous allons avoir un bébé ? Un bébé ? Je suis un homme très heureux ! Chérie, je t'aime !

Nous nous sommes embrassés pendant un long moment.

Ma grossesse

Tout au long de ma grossesse, Colin est devenu un homme qui prenait davantage soin de moi. Nous étions tous les deux très heureux de l'événement. Nous allions agrandir notre famille !

Je n'ai jamais vu un homme prendre soin d'une femme comme il l'a fait pour moi. J'étais sa princesse, et il faisait tout pour rendre ma grossesse la plus facile qui soit.

Il est devenu très méticuleux à la préparation des collations plus qu'étranges que je lui demandais de faire. Par exemple une combinaison de céleri, de fraises et de la glace à la vanille. Je crois que mon bébé l'aimait aussi.

Tout le monde à la clinique et à la Fondation ont applaudi la bonne nouvelle et tous étaient très excités dans l'attente de voir notre bébé.

Devenir une mère signifiait beaucoup pour moi, et ce que je faisais en ce moment avec ces enquêteurs signifiait que ce serait, je l'espérais, un monde meilleur pour lui.

L'enquête et les conclusions

Quand Sam m'a mentionné qu'il avait perdu trois de ses amis parce qu'il se passait beaucoup de choses dans l'industrie médicale et pharmaceutique, je n'ai jamais pensé que ce serait à ce point si répugnant.

Les raisons pour lesquelles il a perdu ses amis ont été découvertes très rapidement. Il y avait beaucoup d'argent impliqué dans la poussée et la promotion de ces médicaments.

Ce que les enquêteurs ont découvert, c'est que chacun de ses amis qui avaient commis le suicide ou qui sont morts subitement, avait reçu des diagnostics de nouveaux types de maladies et syndromes.

Les résultats de l'examen des coroners ont démontré qu'ils avaient tous pris le même type de médicaments psychotropes. Ces médicaments avaient des effets secondaires graves. Et certains d'entre eux avaient un fort potentiel pour provoquer des pensées suicidaires et d'homicides.

Bien que toutes les informations aient toujours existé dès leur lancée sur le marché, Sam n'avait jamais été autorisé à obtenir cette information.

Tout était scellé et personne ne pouvait obtenir l'accès à cette information, même par l'intermédiaire de l'acte sur la liberté d'information.

Beaucoup d'argent avait été versé par les compagnies pharmaceutiques, pour s'assurer que ces informations restent secrètes. Les campagnes de publicité à la télévision poussaient le fait que les gens n'avaient pas à souffrir de diverses formes de maladies, et que ces médicaments mettraient fin à leur douleur.

Cependant, ce qu'ils ne disaient pas, c'est que dans de nombreux cas, il y avait un potentiel très élevé que ces personnes perdent leur propre vie et dans certains cas, en prennent d'autres avec eux.

Sam m'a mentionné dans ses documents, que ses amis avaient souffert pendant très longtemps, et ils ne pouvaient pas comprendre pourquoi leurs conditions se détérioraient.

Il se sentait trahi envers ceux qui émettaient tant de confiance dans leur publicité. Ses préoccupations sur le sujet augmentaient proportionnellement à la disparition progressive de ses meilleurs amis.

L'enquête a également découvert le fait que ces médicaments produits et promus par ces entreprises, étaient prescrits par des psychiatres, pour traiter les différentes maladies mentales et les syndromes qui n'avaient pas de fondement scientifique.

Tout ce que c'était, c'était une demande de votes lors de leur réunion annuelle pour la prochaine maladie mentale à ajouter dans leur dictionnaire. Lorsque votée à l'unanimité, les compagnies pharmaceutiques connectées à ce groupe obtenaient le feu vert pour produire un volume industriel d'une nouvelle drogue pour régler ce nouveau problème « récemment découvert ». Et qui serait prescrit à des milliers de nouveaux patients qui en deviendraient dépendants pour le reste de leur vie.

Ces enquêteurs ont aussi constaté et vérifié que la grande majorité des gens qui ont fait des saccages dans les écoles, les centres commerciaux, les universités et d'autres lieux et qui ont tué de nombreuses personnes, sont tous sur ces médicaments d'ordonnance qui, en passant, depuis une vérification scientifique présentée, faisaient très peu ou rien pour effectivement traiter le problème.

Nous étions tenus informés à chaque étape des résultats au cours de leurs enquêtes. Il y avait beaucoup à couvrir et à découvrir et je n'ai pas été déçue par le travail des enquêteurs. C'était énorme !

Satisfaite du résultat qu'ils ont obtenu, je leur ai dit, sans

124

hésitation, qu'ils avaient réussi leur travail. Et tout a été approuvé pour la soumission et conclusion de leur enquête à M. Karce.

Je n'avais jamais montré l'image de l'homme que Sam soupçonnait à l'un d'eux. Ils avaient atteint la cible ! C'était exactement celui que Sam soupçonnait.

Qui avait permis de prescrire ces médicaments de la mort ?

Nous avions finalement un dossier solide à présenter aux autorités avec le résultat final que ces médicaments soient retirés du marché.

Je dois dire que ces enquêteurs ont été profondément bouleversés en arrivant à leurs conclusions. Ils n'avaient pas prévu, au début de leurs enquêtes, que cela les emmènerait à un dénominateur commun. Les suspicions que Sam avait, étaient cent pour cent fondées.

Il était connu à huis clos que ces médicaments étaient dangereux. Mais plusieurs personnes du ministère en santé étaient reliées aux sociétés pharmaceutiques, et aux dirigeants des conseils d'hôpitaux, cliniques et établissements de santé, y compris les centres de jeunesse, à qui on offrait des voyages ou des vacances gratuites ainsi que des week-ends à des clubs haut de gamme, etc.

Tout cela, afin de gagner leur appui pour pousser ces médicaments dans la gorge des gens. Tous les frais, payés par les fabricants de médicaments, évidemment.

L'impact a été profondément ressenti, et les appels au

changement ont réellement eu lieu. Les enquêteurs ont découvert qu'en raison des dangers de la prise de ces médicaments, ils n'auraient jamais dû être prescrits.

Ils ont également trouvé la personne, qui avait donné l'autorisation à ce que ces médicaments soient fabriqués et qu'ils soient vendus. Elle avait acquis et reçu beaucoup d'enveloppes brunes très épaisses.

Les dernières études publiées sur ces médicaments, présentées pour approbation, avaient été faussement attestées, permettant ainsi qu'ils soient distribués sur le marché.

L'urgence pour que ces médicaments soient produits et commercialisés, était le facteur prédominant. La montée des actions et des investissements. C'était le but, et il n'y avait pas d'autres raisons, peu importe les conséquences. Les résultats finaux de ces drogues étaient ce dont Sam avait été témoin.

Le rapport d'enquête a été déposé à la fois aux tribunaux provinciaux et fédéraux. Et tandis que sa déposition provenait d'un travail gigantesque, la bataille a continué pendant des mois tout au long des procédures, jusqu'en appel devant la Cour suprême du Canada.

Les avocats responsables du dossier se sont battus, mais la preuve était trop écrasante. Mike Karce a remporté le cas pour Sam.

Le chef du département d'approbation des médicaments du gouvernement a été arrêté pour corruption et fausses déclarations. Pour avoir attesté que les médicaments étaient sans danger. Il était l'homme sur la photo que Sam m'avait donnée avec les autres documents.

Sa sentence a été très salée. L'affaire était terminée. Tous ses salauds de complices ont tous été exposés et incarcérés. M. Karce a fait un excellent travail. Nous étions tous convaincus que Sam, peu importe où il était, était très heureux des résultats.

Et voici le legs si important

Ça devait être ma dernière visite au bureau de M. Karce. J'avais accompli tout ce que Sam Wilcox m'avait demandé de faire. Ma grossesse progressait très bien et j'allais bientôt être la mère d'un beau garçon en bonne santé. J'étais sûre que c'était la chose extraordinaire pour moi...

J'ai décidé que c'était le bon moment pour ouvrir la lettre de Sam. C'était le bon endroit pour ouvrir la lettre.

Lorsque M. Karce est allé à l'arrière de son bureau comme d'habitude, pour aller chercher la documentation à signer, j'ai ouvert la lettre, Colin était à mes côtés. Nous étions tous les deux très désireux de savoir ce qu'il en était.

« Chère Alexandra, toutes mes félicitations pour tout ce que vous avez accompli. Je n'ai jamais douté de vos talents à faire cette dernière tâche pour moi. Grâce à vous, le monde peut être un meilleur endroit.

C'était loin d'être une tâche facile, mais vous l'avez fait ! Je savais que les résultats seraient énormes. Ils sont aussi importants pour vous, qu'ils l'étaient pour moi.

Vous avez visité le Japon et compris, je l'espère, que la vie est une aventure extraordinaire et que j'ai toujours aimé chaque instant de la mienne. Mais je sais aussi que, selon de nombreuses écritures bouddhistes, la vie ne s'arrête pas. Il est un chemin continu que tout le monde prend.

Je crois fermement que c'est, en fait, mon chemin.

J'espère qu'un jour, nous nous reverrons...

Je tiens à vous remercier pour tout ce que vous avez fait pour moi.

Cordialement,

Sam Wilcox »

Colin et moi nous sommes regardés et avons souri. C'était une lettre vraiment touchante. Alors qu'à la fin de sa lettre, il me mentionnait quelque chose à laquelle je n'avais aucune croyance, nous nous sommes dit que ce serait quelque chose de bien, si c'était possible, qu'il fasse de nouveau surface dans ce monde. Nous le souhaitions sincèrement pour lui.

Ce qui comptait, c'est que j'avais fait tout ce qu'il m'avait demandé de faire, j'ai eu le prix en retour et ce fut, pour autant que je sache, la fin de cette aventure.

Mon maître d'hôtel, comme je l'appelais, m'a remis les documents à signer avec son stylo Mont-Blanc. Cela m'a rappelé l'incident au bureau. C'était le temps ou jamais pour lui demander s'il était venu au Japon, et s'il m'avait espionnée durant tout ce temps. Je voulais savoir.

J'ai pris mon temps de tout signer. C'était un fait accompli.

— Il s'agit de votre dernière visite, Mlle Thompson. Vous avez tout réussi et il est maintenant temps pour vous d'obtenir votre récompense.

Il me tendit un chèque certifié de 100 millions de dollars ! J'ai regardé ce chèque durant un bon moment tout en le remerciant. Puis j'ai décidé de lui poser la question.

— M. Karce, j'ai une question pour vous.

— Oui, Mlle Thompson, je vous écoute.

— Vous m'avez espionné tout le long, n'est-ce pas ?

— Mlle Thompson, oui, je vous ai espionnée. Sam m'a demandé de veiller sur vous pour que tout aille bien. Il voulait s'assurer aussi que tout soit fait correctement. Et cela faisait partie de l'accord que j'avais pris avec lui. Que je devienne les yeux et les oreilles qu'il n'avait plus.

Je l'ai fait et je dois dire que vous ne m'avez pas déçu. Le bogue était une idée que j'avais, afin de savoir si vous alliez, un jour, vous trouver un partenaire.

Je suis allé au Japon pour savoir si vous étiez encore avec votre ami et observer si c'était le véritable amour.

Et en me souriant, il ajouta : je dois dire que ça n'a pas été décevant... J'étais au courant de cette dernière lettre de Sam, et j'étais plus que désireux de voir que tout allait fonctionner.

Colin et moi avons rougi, tant qu'on était embarrassés de la situation. Le bogue dans les toilettes des hommes et de notre histoire d'amour connue à notre insu...

– Mon insistance pour que vous vous absentiez, monsieur Colin, lors de la signature des documents était également un test. Je voulais savoir comment vous étiez impliqué dans votre relation avec Mlle Thompson. Et pendant que vous me respectiez, je pouvais voir que vous avez été offensé par mes demandes. C'était bon et cela a fonctionné.

Puis il ajouta avec hésitation :

Tout cela devait être fait puisque c'était en relation très étroite avec la dernière lettre que vous avez reçue de Sam.

Je sentais qu'il ne voulait pas aller plus loin que cela, et que je ne devrais pas insister pour en obtenir plus de lui. Mais quelle était la partie de la lettre de Sam dont il ne voulait pas en extrapoler davantage ? On ne savait pas et nous n'avons pas insisté pour en savoir plus.

– Donc, Mlle Alexandra et Monsieur Colin, c'était un plaisir de travailler avec vous deux. C'était énorme pour moi. Faire partie de cette aventure avec vous m'a donné plus de lignes de sourire sur mon visage.

Je tiens donc à vous en remercier et je tiens à vous assurer que je n'avais nullement l'intention de vous offenser. Je suis très heureux pour Sam.

C'était la première fois que je devenais témoin de voir cet homme sortir de sa zone de style majordome social, d'être plus à l'aise à exposer une autre facette de sa personnalité.

Il s'est ensuite levé et est revenu à son mode de majordome conservateur, il nous a remerciés et nous nous sommes serré la main une dernière fois.

Comme nous étions tous les deux sur le point de partir en posant ma main sur la poignée de la porte, il m'a demandé :

– Quand projetez-vous avoir votre bébé ?

– Je me suis retournée en lui souriant.

131

– Dans une semaine ou deux, M. Karce.

Il me sourit poliment et me demanda si ce n'était pas trop demander de l'informer lorsque j'allais accoucher.

– Pas du tout, je me ferai un plaisir de vous envoyer une photo si vous le souhaitez.

– Bien sûr, Mlle Thompson, j'apprécierais énormément.

Nous avons quitté son bureau, heureux de savoir qu'il n'était pas le mauvais homme que nous avions soupçonné. Il était un véritable ami de Sam. Ce fut la dernière fois que j'ai vu M. Karce.

Et la vie continue

Colin et moi étions très heureux d'avoir tous les deux réussi. Il a vendu sa clinique et son condo à Vancouver et nous avons vécu à Boucherville un certain temps.

Puis le grand jour est arrivé, j'ai donné naissance à un fils en pleine santé : 7 livres et 5 onces. Nous étions les parents les plus heureux du monde !

Nous étions toujours très actifs à la Fondation et j'ai décidé de vendre ma clinique et me consacrer exclusivement à la Fondation. Nous avons déménagé dans un très beau quartier de Westmount.

Les signes d'orientation de carrière de mon fils ont commencé à se manifester à un jeune âge. Il voulait devenir un avocat-procureur contre la cruauté animale. Il avait vu ce qui se passait pour les animaux à travers les portes de la Fondation et c'est ce qu'il avait décidé de faire.

Colin et moi étions d'accord, parce que ce serait un travail moins difficile pour lui, maintenant qu'il y avait de meilleures lois pour le soutenir, y compris notre amour et notre soutien.

Les photos du fils d'Alexandra et de Colin

Comme elle terminait de dire à Lucie combien elle était très fière du futur métier de son fils, Alexandra se déplaça vers une autre pièce afin d'aller chercher l'argent à titre d'acompte pour le remettre à Lucie. Lucie souriait alors qu'elle éteignait son ordinateur portable.

Et tout en le mettant dans sa mallette, elle a vu des photos sur une table de côté qui étaient probablement le fils d'Alexandra et de Colin.

Elle n'avait pas porté beaucoup d'attention sur celles-ci jusqu'à ce point. Elle était si occupée, à taper tout ce qu'Alexandra lui disait. Plusieurs de ces photos montées sur un cadre en bois contenaient plusieurs photos de leur fils qui avaient été prises à différents âges.

Une chose particulière attira son attention. Leur fils avait une tache de naissance sur son avant-bras droit.

Après cette observation, Lucie a reconnu que l'histoire d'Alexandra était une histoire plus qu'extraordinaire à publier !

Lucie informa Alexandra des étapes qu'elle allait prendre, telle que la relecture, l'édition et finalement la publication. C'était impressionnant la façon dont elle avait minutieusement décrit les étapes de la publication du livre.

Alexandra était très reconnaissante de ce qu'elle allait faire pour elle.

Elle l'a ensuite accompagnée jusqu'à la porte de sortie où la servante lui remit son manteau et son écharpe et les au revoir ont eu lieu.

En ouvrant la porte, Lucie se retourna et demanda à Alexandra si ces photos étaient bien celles de leur fils.

– Oui, en effet, ce sont les photos de mon beau garçon.

Elle se retourna, puis partit avec un énorme sourire au visage.

À propos de l'auteure

Claire Hamelin Manning

Une nouvelle écrivaine canadienne. Née au Québec, Claire Hamelin Manning a commencé sa carrière d'écrivaine en 2013. Il n'est jamais trop tard pour atteindre un objectif ! s'était-elle dit. Cela faisait partie de sa « bucket list » d'en écrire au moins un.

Depuis, Claire a écrit plusieurs autres romans, fiction et science-fiction, parce qu'elle a développé cette passion d'écrire sur ce qui la passionne.

À lire aussi :

L'horrible face de la planète bleue Un scénario possible

Visitez nous :

www.livresenligne.ca

http://plein-de-livres.com

Faites-vous plaisir !

Mot de la fin

Merci d'avoir lu « Le legs du millionnaire Sam Wilcox » de Claire Hamelin Manning.

Si vous avez apprécié sa lecture, et si cela n'est pas déjà fait, aidez-nous :

Mettez un commentaire qui aide les lecteurs à se décider. Bien sûr on parle de ceux qui sont intéressés. Ceux qui se demandent si sa lecture en vaut la peine. Votre opinion est importante.

Cela vous prendra quelques minutes tout au plus et vous nous aiderez ainsi à vous préparer d'autres livres de qualité.

Ce serait très apprécié.

D'avance, un gros MERCI !

www.ingramcontent.com/pod-product-compliance
Lightning Source LLC
Chambersburg PA
CBHW060620130626
46555CB00002B/580